Zu diesem Buch

Ausnahmsweise ermittelt Privatdetektiv Nestor Burma nicht in Paris, sondern an der Côte d'Azur, wo sich die Reichen und Schönen tummeln. Doch in der feinen Gesellschaft herrschen rauhe Sitten. Als Burma einem Geldfälscherring auf die Spur kommt, gerät sein Leben in höchste Gefahr.

Léo Malet, geboren am 7. März 1909 in Montpellier, ging in jungen Jahren nach Paris, schlug sich dort unter dem Einfluß der Surrealisten als Chansonnier und „Vagabund" durch und begann zu schreiben. Zu seinen Förderern gehörte Paul Éluard. Der Zyklus seiner Kriminalromane um den Privatdetektiv Nestor Burma – jede Folge spielt in einem anderen Pariser Arrondissement – wurde bald zur Legende. René Magritte schrieb, Malet habe den Surrealismus in den Kriminalroman hinübergerettet. „Während in Amerika der Privatdetektiv immer auch etwas Missionarisches an sich hat, ist die gallische Variante, wie sie sich in Burma widerspiegelt, weitaus gelassener, auf spöttische Art eigenbrötlerisch, augenzwinkernd jakobinisch. Er ist Individualist von Natur aus und ganz selbstverständlich, ein geselliger Anarchist, der sich nicht von der Welt zurückzuziehen braucht, weil er sie – und sie ihn – nicht versteht. Wo Marlowe und Konsorten die Einsamkeit der Whisky-Flasche suchen, geht Burma ins nächste Bistro und streift durch die Gassen" („Rheinischer Merkur"). 1948 erhielt Malet den „Grand Prix du Club des Détectives", 1958 den „Großen Preis des schwarzen Humors". Mehrere seiner Kriminalromane wurden auch verfilmt; unter anderem spielte Michel Serrault den Detektiv Burma. In der Reihe der rororo-Taschenbücher liegen bereits vor: „Bilder bluten nicht" (Nr. 12592), „Stoff für viele Leichen" (Nr. 12593), „Marais-Fieber" (Nr. 12684), „Spur ins Ghetto" (Nr. 12685), „Bambule am Boul' Mich'" (Nr. 12769), „Die Nächte von St. Germain" (Nr. 12770), „Corrida auf den Champs-Élysées" (Nr. 12436), „Streß um Strapse" (Nr. 12435), „Wie steht mir Tod?" (Nr. 12891), „Kein Ticket für den Tod" (Nr. 12890), „Die Brücke im Nebel" (Nr. 12917), „Die Ratten im Mäuseberg" (Nr. 12918), „Ein Clochard mit schlechten Karten" (Nr. 12919), „Das stille Gold der alten Dame" (Nr. 12920), „Wer einmal auf dem Friedhof liegt..." (Nr. 12921), „120, rue de la Gare" (Nr. 12964) und „Nestor Burma in der Klemme" (Nr. 12965).

Léo Malet

Blüten, Koks und blaues Blut

Nestor Burma ermittelt

Aus dem Französischen von
Hans-Joachim Hartstein

rororo

Rowohlt

Veröffentlicht im Rowohlt Taschenbuch Verlag GmbH,
Reinbek bei Hamburg, November 1995

Die Originalausgabe erschien unter dem Titel
„L'homme au sang bleu"

Lektorat Anima Kröger
Umschlagillustration Roland Reznicek
Umschlagtypographie Walter Hellmann
Gesamtherstellung Clausen & Bosse, Leck
Printed in Germany
990-ISBN 3 499 12966 3

Blüten, Koks und blaues Blut

Vorwort

Die fröhliche Philosophie des Nestor Burma

Im Jahre 1943 lernten die Franzosen Nestor Burma in dem Kriminalroman *120, Rue de la gare* kennen. In Ermangelung des englischen Nebels mußten die Verdunklungsbestimmungen für Atmosphäre sorgen. Zwei Jahre später traf man in *Blüten, Koks und blaues Blut* Léo Malets Helden wieder. Der Privatdetektiv, der „das Geheimnis k.o.-schlug“, hatte lässige Umgangsformen und einen nüchternen Blick; wie sein amerikanischer Kollege Philip Marlowe, der Held von Raymond Chandler. Hinzu kam noch ein ganz besonderer Humor, „jene französische Spottlust“, von der Maupassant spricht. Mit einer Stierkopf-Pfeife wanderte Nestor Burma durch seine Zeit, ohne jede Illusion im Gepäck, jedoch entzückt, wenn das hübsche Gesicht einer Frau seinen Gedanken begegnete. Nichts mehr konnte ihn faszinieren, aber alles versetzte ihn in Erregung. Völlig ernüchtert aus dem Krieg heimgekehrt, brach er dennoch immer wieder zu neuen Ufern auf, einer von jenen seltenen Exemplaren, die ihr Leben zu sehr lieben, um es nicht zu riskieren.

Wonach suchte Nestor Burma in *Blüten, Koks und blaues Blut?* Er wollte den Selbstmord eines Aristokraten, der in eine Falschgeldaffäre verwickelt war, aufklären. Der Leser wird das Interesse des Detektivs an diesem Rätsel verstehen, wenn er sich an die seltsamen „Selbstmorde“ erinnert, die sich in letzter Zeit in deutschen Gefängnissen ereignet haben. Léo Malets Held macht sich an die Nachforschungen, so wie man sich in ein Vergnügen stürzt. Das Objekt seiner Jagd hatte für ihn weniger Bedeutung als die Jagd selbst. Seine Respektlosigkeit, sein Zynismus und sein Individualismus sind dabei seine besten Karten. Man wußte damals noch nicht, wie lange dieser Mann den Tod herausfordern und weiter durchs Leben schlendern würde; aber sollte „diese häßliche Vogelscheuche", wie Boris Vian den Tod nannte, ihn zu früh holen, würde Nestor Burma dem Leben wahrscheinlich zurufen: „*Adieu*, mein Schatz!" Denn Nestor Burma verspürt keinerlei Hang zu Gott und hütet sich davor, ihn um etwas zu bitten.

Glücklicherweise hatte der Privatdetektiv aber eine lange Karriere vor sich. Léo Malet hat ihn noch in zahlreiche Abenteuer verwickelt, insbesondere in „Malets Geheimnisse von Paris", einer Serie von Romanen, die – gemäß der Regel von der Einheit des Ortes – jeweils in den Grenzen eines Pariser Arrondissements spielen.

Hinter den Zügen Nestor Burmas entdeckt man die des Léo Malet. Wie seine Hauptfigur eine Nomadennatur, ist Léo Malet den verschiedensten Beschäftigungen nachgegangen. Chansonsänger in Montmartre vom sechzehnten Lebensjahr an und später „Ghostwriter für einen analphabetischen Meistersinger" hat er stets die Armut gekannt und manchmal sogar als Clochard leben müssen. Anarchist in den zwanziger und Surrealist in den dreißiger Jahren, trat er mit hinreißenden, aufregenden Gedichten, die voller Spannungen und Widersprüche sind, an die Öffentlichkeit:

Neige fondue
en robe noire des tropiques ...

Geschmolzener Schnee
in schwarzem Gewand der Tropen ...

Léo Malet charakterisiert sich selbst als einen „grausamen Gefühlsmenschen", in dem sich der Sinn für Komik mit dem Verlangen nach Begegnungen mit anderen Menschen vereint.

Aber momentan scheint der Sinn für Komik in seinen Werken die Oberhand zu haben. Der Haß auf jeglichen Konformismus hat sich offenbar noch verschärft. Allerdings bietet sich unsere Zeit auch dazu an. Mit spöttischem Blick gibt Malet zu verstehen, daß die Literatur ihn nicht reich gemacht habe, daß er in einer Sozialwohnung in Châtillon-sous-Bagneux wohne und kaum noch in Paris umherschlendere. Denn die Stadt mit ihrem einst ländlichen Charme, vermischt mit den Verlockungen einer Großstadt, sei beinahe verschwunden und der allgemeinen Uniformität gewichen.

Dabei war Léo Malet ein unermüdlicher und leidenschaftlicher Spaziergänger, eine Art wandernder Reporter, ständig auf der Suche nach dem Leben, das sich in Paris abspielte, ein Träumer auf der Lauer, der die Geheimnisse zu entdecken versuchte, die einem diese Stadt offenbart „wie eine Frau, die ihr Kleid mit der kühlen Ruhe eines Mörders fallenläßt, zum Strandgut geworden auf der unruhigen Woge ihres aufgelösten Haares." In Paris verliebt, hat Léo Malet sich verglichen mit „jenen abgewiesenen Liebhabern, die nur um so sehnsüchtiger die Schöne beim Entkleiden beobachten". Da sie ihr schon lange den Hof machen, kennen sie ihr Gesicht in allen Einzelheiten. Historiker, die später einmal die Sitten und Gebräuche dieser Stadt in den fünfziger Jahren untersuchen werden, „müssen", so Albert Simonin, „die Bücher von Léo Malet mit einbeziehen."

Malets Geheimnisse von Paris haben Nestor Burma in fünfzehn Pariser Arrondissements geführt. Um die Serie zu vervollständigen, müßte er noch im 7., 11., 18., 19. und 20. Arrondissement seine Nachforschungen anstellen. Indessen fragt sich Léo Malet, ob er seinen Detektiv nicht neue Abenteuer bestehen lassen soll. Er empfinde manchmal ein Gefühl der Trauer für seine Romanfiguren. Dies gesteht er mit ironischer Traurigkeit, mit spöttischer Melancholie, so als wolle er sagen: Das rührselige Genre behagt mir nicht sehr! Aber wie kann man bei diesem verdammten Nestor schon sicher sein? Eines Tages wird er vielleicht erneut in Malets Gedanken umherspuken, um von ihm nach Montmartre geschickt zu werden. Dort würde man dann den „Dynamischen Detektiv“ in den „Verrückten Fünfzigern“ erleben können, wie er, Nietzsche lesend, seine Nachforschungen durch- und uns wieder einmal seine fröhliche Philosophie vorführt.

François Bott
(Redakteur bei *Le Monde*)

1
Selbstmord im Morgengrauen

Am 25. Juli 193x traf ich in Cannes ein. Der leichte Nebel, Vorbote der Wärme, der von Marseille aus die Landschaft der Provence einhüllte, begann sich langsam aufzulösen. Welch ein Unterschied zu dem Paris, das ich verlassen hatte: grau und trostlos mitten im Sommer, der sich anschickte, alle herbstlichen Rekorde zu schlagen.

‚Prima', dachte ich, ‚es wird warm.'

Doch hatte ich diesen banalen Gedanken noch nicht zu Ende gedacht, als das Ta-ta-ta-ta eines ganzen Chores von Maschinenpistolen widerhallte. Ich warf meinen Koffer von mir und mich selbst der Länge nach auf den Boden, direkt neben einen Jungen mit einem Spitzbubengesicht, der dieselbe Taktik verfolgte. Die Kugeln pfiffen uns nur so um die Ohren. Wie durch ein Wunder hatte sich der Platz geleert.

„Der 14. Juli wird hier aber lange gefeiert, was?" bemerkte ich.

„Wieder 'n Coup von Chichi-Frégi's Bande", erwiderte das Spitzbubengesicht.

„Chichi-Frégi? Wer ist das denn?"

Die Augen des Jungen leuchteten vor Bewunderung. Mit einer Begeisterung, die seinen Akzent noch unterstrich, rief er:

„Ein Gangster!"

„Man kann wirklich nicht behaupten, daß das Faulenzer sind", sagte ich. „Fangen früh an mit der Arbeit..."

„Der Gangsterkönig!" fuhr der Nachwuchsganove an meiner Seite fort, wobei er mehr seinen Gedanken als unserem Gespräch folgte. „Vor drei Wochen haben Sie einen Kassenboten in Montpellier fertiggemacht… Erstklassiger Coup!… Dreihunderttausend…"

Ich beobachtete bei ihm den gleichen verträumten Blick wie bei Pennälern, die an die Beine von Marlene Dietrich denken.

„… Und heute haben sie sich den *Crédit du Sud-Est* vorgenommen…"

Er wies mit dem Kinn auf die andere Seite des Platzes, wo sich ein Bankgebäude dieses Namens erhob.

Die Schüsse waren verhallt. Ich sprang wieder auf die Beine.

Auf dem Pflaster lag der Kassenbote in seinem Blut. Nicht tot, aber auch kaum viel mehr wert. Seine Hand umklammerte einen großkalibrigen Revolver, mit dem er sich zu verteidigen versucht hatte. Seine Ledertasche lag zwei Meter weiter weg zwischen Scheinen und Wertpapieren.

Mitten auf der Fahrbahn entdeckte ich noch einen weiteren Körper, der sich nicht rührte. Es war einer der Gangster, den der Bankangestellte erwischt hatte. Die Salven aus den Maschinenpistolen, die mich auf Tauchstation hatten gehen lassen, waren aus dem Fluchtauto der Banditen abgefeuert worden. Der junge Mann auf der Fahrbahn hatte leider die Abfahrt seiner Komplizen verpaßt. Ein schwacher Trost für den Kassenboten, aber immerhin ein Trost. Seine Kugel hatte den Nachzügler abrupt an der Flucht gehindert.

Da alle Gefahr vorüber schien, kamen so um die fünfzig Schaulustige flink aus ihren Verstecken gekrochen und drängten sich um die leblosen Körper. Und schon spuckte ein Polizeiauto einen Haufen marineblauer Männchen aus.

Nun war ich nicht an die Côte d'Azur gefahren, um bei einem bewaffneten Raubüberfall den Zeugen zu spielen. Also verschwand ich in der nächsten Straße rechts um die Ecke.

Zweimal mußte ich die Hilfe von Passanten in Anspruch nehmen, bis ich endlich vor dem zweitklassigen Hotel stand, dessen Geschicke René Leclercq lenkte. Es hieß *Hôtel du Cirque*, ohne auch nur das Geringste mit einem Zirkus zu tun zu haben.

Mein ehemaliger Mitarbeiter René saß in seinem Büro und drehte sich nachdenklich eine Zigarette. Unter Hemd und Hut bewegten sich eiserne, leistungsfähige Muskeln. Schlank, athletisch gebaut und dazu charmant, hätte er den Apollo oder einen jugendlichen Liebhaber abgeben können, wenn sein Kinn nicht ständig, aber vergeblich nach einem Rasierapparat geschrien hätte. Doch dieses Instrument der Körperpflege schien ihm unbekannt zu sein.

Bei meinem Anblick sprang er überrascht auf, so daß sein Tabak auf den Boden fiel, und stieß einen Willkommensfluch aus.

„Ja, träume ich denn?" rief er. „Aber das ist doch Nestor Burma!? Himmeldonnerwetter, so 'ne Überraschung! Sie an der Côte? Zufällig?"

Der Süden hatte aus ihm einen redseligen Menschen gemacht. Er wartete keine Antwort auf seine Flut von Fragen ab, packte meine Hand und schüttelte sie, so als betätige er eine Benzinpumpe. Dabei wanderte sein Blick von meinem Gesicht den ganzen Körper hinunter zu meinen Schuhen und wieder hinauf zu meinem Gesicht. Dieser Musterung folgte ein längeres Pfeifen und ein neuer Schwall von Fragen.

„Aber... Wie sehen Sie denn aus? Haben Sie sich rumgeprügelt?"

„Ich bin genau in dem Augenblick über einen Platz gegangen, in dem ein gewisser Chichi-Frégi dort gerade ein Taubenschießen veranstaltete", erklärte ich. „Hatte mich zwar nicht persönlich im Visier, aber diese Maschinenpistolen sind manchmal blind. Deshalb zog ich's vor, mich flach auf den Boden zu legen."

Mein Bodenkontakt hatte in der Tat verheerende Folgen für meinen schönen hellen Sommeranzug gehabt. Trotz der strahlenden Morgensonne war es mir gelungen, mich in eine Wasserpfütze zu legen. Wahrscheinlich in die einzige im Umkreis von zwanzig Kilometern, eigens für mich vorbereitet von einem Spaßvogel auf einem städtischen Sprengwagen. Für so was hatte ich schon immer eine besondere Begabung!

Leclercq ließ endlich wieder meinen Arm los, sammelte den Tabak auf und gab mir eine Erklärung für mein Mißgeschick. Nein, ich sei nicht das Opfer eines üblen Scherzes gewesen. In der Nacht habe es ein heftiges Unwetter gegeben.

„Ein Glück, daß ich bei Ihnen abgestiegen bin", stellte ich fest. „Geben Sie mir bitte ein gemütliches Zimmer. Ich muß mich umziehen und ein wenig verhübschen... Lachen Sie nicht so! Ich hab tatsächlich einen zweiten Anzug im Koffer... Schließlich kann ich nicht so zerknautscht bei meinem Klienten antanzen."

„Aha!" rief René lächelnd. „Sie reisen also nicht zu Ihrem Vergnügen! Hätte ich mir denken können. Ein neuer Fall?"

Er war früher ein fähiger Mitarbeiter gewesen. Leider hatte er nur ein paar Wochen für mich gearbeitet. Genug, um gegenseitige Sympathie entstehen zu lassen. Und da ich wußte, daß er inzwischen unter die Hoteliers gegangen war, hatte ich beschlossen, mich unter seine Gäste zu mischen.

Nicht mehr ganz jung, aber kräftig und gut erhalten – wahrscheinlich durch regelmäßigen Sport –, hatte er nur zwei Fehler, die in meinen Augen gar keine sind: Er kleidete sich mit todsicher schlechtem Geschmack, und er rasierte sich nur, wenn es gar nicht mehr anders ging.

Jetzt fiel mir noch eine dritte Schwäche auf, nämlich eine gewisse Indiskretion. Das war sein gutes Recht, genauso wie meines darin bestand, ihn nicht zu weiteren Fragen zu ermuntern.

„Ja", antwortete ich nur kurz.

Er bohrte auch nicht mehr nach, sondern bat mich, ihm die Treppe hinauf zu dem Zimmer zu folgen, das er mir zugedacht hatte.

Der Raum war groß und hell und besaß den Luxus eines Telefons. Er lag im dritten Stock, mit Blick auf den Hof. Doch keine Hauswand versperrte meinen Durchblick. Gerade noch rechtzeitig hatte man dem zweistöckigen Haus gegenüber ein Dach aufgesetzt.

Ich begann, meinen Koffer auszupacken. Durch unsere Bekanntschaft ermuntert, machte Leclercq keinerlei Anstalten, sich zurückzuziehen. Nur einen Augenblick ließ er mich alleine: genau für die Zeit, die er brauchte, um meine Ersatzhose zum Bügeln nach unten zu bringen und mit einer Flasche nebst zwei Gläsern wieder zurückzukommen.

Ich verrieb auf meiner linken Wange einen Klecks Rasiercreme, während mein Wirt mich über unsere gemeinsamen Bekannten in Paris ausfragte. Plötzlich schnippte er mit den Fingern, so als hätte er vergessen, mir etwas ganz besonders Dringendes mitzuteilen, und fragte dann:

„Erinnern Sie sich an Milandre?"

„André Milandre?" rief ich. „Und wie!"

„Wenn Sie Lust haben, ihn wiederzusehen... Er wohnt hier."

„Hier bei Ihnen?"

„Nein, bei sich. Drei, vier Häuser weiter, an der Straßenecke. Die Villa gehört ihm sogar, glaub ich."

„Im Ernst? Ist er zu Geld gekommen?"

„ 'ne Erbschaft oder so was in der Richtung. Hab nicht viel mit ihm zu tun, deswegen berichte ich erst jetzt von seiner Anwesenheit. Aber wenn er mich sieht, grüßt er."

„Gut erzogen war er schon immer", bemerkte ich und fügte dann lachend hinzu: „Sie dagegen haben wirklich 'ne nette Art, sich auszudrücken! '... berichte ich erst jetzt von seiner Anwesenheit'! Das stinkt auf zehn Meter gegen Wind nach Privatflic. Sie sind durch Ihren neuen Beruf nicht zufällig Spitzel geworden?"

Er wurde rot und verwahrte sich gegen meine Unterstellung, die ihn gekränkt hatte. Dabei verhedderte er sich in für ihn untypischen langen Sätzen. Ich hatte meinen Spaß.

Ein Klopfen an der Tür unterbrach das vergnügliche Schauspiel. Das Hausmädchen brachte meine Hose gebügelt zurück, legte sie wortlos aufs Bett und ging ebenso wortlos wieder hinaus. Nicht übel anzusehen, die Kleine, aber für ein Plauderstündchen offensichtlich nicht zu gewinnen.

„Übrigens hab ich Milandre seit fast zwei Jahren nicht mehr

gesehen“, nahm ich den Faden wieder auf, während ich mich umzog. „Und ausgerechnet hier treffe ich ihn! Würde verdammt gerne ein Gläschen mit ihm trinken. Meine Erinnerungen an ihn sind nicht die schlechtesten…“

So plauderten wir noch eine Weile, bis die Flasche leer war. Dann bürstete ich meine Schuhe ab, zündete mir ein Pfeifchen an und schnappte mir das Telefonbuch. Ich wollte mich bei meinem Klienten für einen Morgenbesuch anmelden.

Was mir die Stimme am anderen Ende der Leitung mit korsischem Akzent erzählte, ließ mich den Hörer auf die Gabel knallen. Verständnislos sah Leclercq in mein dummes Gesicht. Ohne eine Erklärung abzugeben, fragte ich ihn, wo ich ein Taxi erwischen könne. Dann ließ ich ihn allein mit seiner Neugier.

Zu Milandres Villa an der Straßenecke war es tatsächlich nur ein Katzensprung. Eine Baumreihe trennte das schmucke Heim von der Straße. Etwas Pflege hätte dem Anwesen wohl ganz gut getan. Aber auch in diesem leicht baufälligen Zustand bedeutete es Besitz von Grund und Boden. So etwas konnte ich nicht vorweisen. Ja, mit der Agentur *Fiat Lux* konnte man es weit bringen, vorausgesetzt, man verließ sie rechtzeitig. Oder besser noch, man trat niemals in sie ein! Dédé – so nannten wir ihn im Familienkreis – Dédé nämlich war nie mein offizieller Mitarbeiter gewesen. Mehr so 'ne Art Gelegenheitsarbeiter. Damals hatte sich seine Tätigkeit darauf beschränkt, mich auf zwei oder drei Fälle zu stoßen und Klienten zu mir zu schicken.

Vor der Villa stand ein kleiner Peugeot. Gerade trat ein Mann aus dem Garten und schloß das Tor hinter sich. Als er sich umdrehte, um zu seinem Wagen zu gehen, sah er mich und stutzte. Plötzlich lachte er schallend auf, wobei seine schadhaften Zähne zum Vorschein kamen.

„Nein, ich täusche mich nicht!“ rief er. „Das ist wirklich Nestor Burma.“

Trotz der großen Brille, die sein Gesicht ein wenig veränderte, erkannte ich den Mann wieder. Es war Dédé. Seine eindrucksvollen Schultern verdankte er vor allem seinem Schneider. Zu dem zerfurchten, schlaffen Gesicht und den schmalen Lippen paßten sie jedenfalls ganz und gar nicht.

Überschwenglich schüttelte er mir die Hand und sang weiter das Hohe Lied der Überraschung. Ich hatte es eilig, und ein Taxi war weder am Stand noch sonstwo zu sehen. Also bat ich Dédé ohne Umschweife, mich zu einer bestimmten Adresse zu bringen. Da er gerade nichts anderes zu tun hatte, willigte er beinahe begeistert ein.

„Die Geschäfte gehen schlecht", stöhnte ich, nachdem wir eingestiegen und losgefahren waren. „Als hätten sich sämtliche Gauner von Paris 'n ordentliches Benehmen zugelegt, nur um uns arme Privatdetektive arbeitslos zu machen! Ich zum Beispiel langweile mich zu Tode. In alten, staubigen Akten zu blättern, das ist auf Dauer wirklich kein Vergnügen. Als mir dann dieser Fall angetragen wurde, hab ich mich gleich persönlich draufgestürzt. Sah aus wie 'n Kinderspiel, höchstens was für den Scharfblick eines Laufburschen, den es bei *Fiat Lux* allerdings immer noch nicht gibt..."

„Wir sind da", unterbrach mich Dédé. „Aber... was ist denn da los?"

Ein Grüppchen von ungefähr zehn Neugierigen stand vor dem kleinen Privathaus, dem Ziel meiner langen Reise. Die Leute auf dem Bürgersteig sahen sich einem Kleiderschrank von Flic gegenüber, der den Hauseingang versperrte.

„Ach ja!" rief ich und stieg aus. „Das hatte ich ja völlig vergessen! Eben am Telefon hab ich erfahren, daß mein Klient Selbstmord verübt hat."

„Selbstmord?" Milandre pfiff leise durch die Zähne. „Da soll doch... Ja, haben Sie ihm denn so sehr Angst eingejagt?"

Ich drückte mich um eine Antwort und ging zu dem Ordnungshüter.

„Mein Name ist Nestor Burma", stellte ich mich vor. „Ihr Chef, Kommissar Pegrini oder Pellegrini oder so ähnlich... Na ja, jedenfalls... Er erwartet mich."

Das Arbeitszimmer in der ersten Etage war mit exotischen Kunstgegenständen vollgestopft. Seltsamerweise herrschte über allem ein Bild von Barbey d'Aurevilly, das ein wenig deplaziert wirkte. In dem Raum waren sieben Männer versammelt, ein toter und sechs lebendige.

Es lebten: ein Flic in Uniform, ein Butler – zu erkennen an seiner gestreiften Weste –, der mich mit einem „Guten Tag, Monsieur" begrüßte, so als kenne er mich seit meiner Geburt, dann ein Kerl in einem Kittel, der Fotos machte, ein vierter mit Brille und Spitzbart, ein fünfter, der überall herumschnüffelte, und schließlich der sechste, der systematisch einen Stoß Papiere durchsah.

Als er mich und Dédé erblickte, legte er die Papiere zur Seite und stand auf. In dem Anzug von der Stange steckte ein schmächtiger Körper, unter dem Schlapphut leuchteten zwei strenge schwarze Augen in einem grünlichen Gesicht. Eine feuchte, gelbliche Kippe hing in seinem Mundwinkel.

„Ich bin Kommissar Pellegrini", sagte er, „Ange Pellegrini. Ihr Ruf ist sogar bis zu mir gedrungen, Monsieur Burma. Erfreut, Sie kennenzulernen."

Konnte schon sein. Deswegen gab er mir aber noch lange nicht die Hand. Um dem Flic zu demonstrieren, daß ich die von ihm aufgebaute Distanz nicht einzuhalten gedachte, stellte ich ihm Milandre vor. Er nickte kurz in Dédés Richtung und fuhr dann fort:

„Sie hatten also mit Monsieur de Fabrègues zu tun?"

„Ja", antwortete ich. „Vor zwei Tagen erhielt ich in meinem Pariser Büro einen Scheck und einen Brief von ihm. Auf dem Scheck standen ein paar Zahlen und in dem Brief stand, ich solle ihm jemanden schicken. Eine Reise an die Küste erschien mir sehr verlockend, und so hab ich mich selbst hierher bemüht..."

„Leider etwas zu spät", bemerkte Pellegrini lachend und zeigte auf die Leiche. „Er benötigt Ihre Dienste nicht mehr!"

„Tja, das haben Sie mir bereits am Telefon zu verstehen gegeben."

Er zog einen Umschlag aus seiner Tasche.

„Der Brief ist für Sie."

Natürlich hatte er ihn schon gelesen. Ich faltete den Bogen auseinander. Es war eine mit roter Tinte geschriebene, posthume Botschaft des Mannes, dem keine Zeit mehr geblieben war, mein Klient zu werden. In länglicher, beinahe femininer Handschrift teilte er mir mit, daß sein Notar – Maître Dianoux in Nizza – Anweisung habe, mir Francs 5000,- für diverse Auslagen zu zahlen.

Es bestand keinerlei Zweifel an der Echtheit des Briefes. Wortlos wendete ich ihn hin und her.

„Privatdetektive scheinen ja nicht schlecht zu verdienen", bemerkte der Kommissar. „Man bezahlt Sie für nicht grade sehr viel Arbeit, was?"

„Nur keinen Neid!" gab ich zurück. „Komisch..." Nachdenklich streichelte ich mir das Kinn mit meiner Stierkopfpfeife. „Sind Sie sicher, daß es sich um Selbstmord handelt?"

Der Korse zeigte mir seine gelblichen, schiefen Zähne.

„Also, Sie sind wirklich sehr gewissenhaft!" ereiferte er sich. „Nur keine Möglichkeit außer acht lassen! Sie lesen zuviele Kriminalromane."

Ich gab keine Antwort, sondern näherte mich der Leiche von Pierre de Fabrègues. Der Graf war kein hübscher Mann gewesen. Sogar sein Gesicht glich eher einer dreckigen Visage. In der rechten Schläfe befand sich ein Loch, und seine rechte Hand umklammerte einen Revolver.

„Wie lange ist er tot?" fragte ich.

Der Gerichtsmediziner – der mit dem Spitzbart – sah den Kommissar fragend an, um die Erlaubnis einzuholen, meine Neugier befriedigen zu dürfen. Der Korse hatte nichts dagegen. So erfuhr ich, daß der Tod zwischen halb vier und vier Uhr heute morgen eingetreten war. Der Graf hatte sich im Morgengrauen umgebracht. Die Dienerschaft, die unterm Dach wohnte, hatte den Schuß nicht gehört. Joseph, der freundliche Butler, hatte gegen Morgen das Schlafzimmer seines Herrn betreten, dort aber zu seiner Überraschung das

Bett leer und unbenutzt und den Grafen überhaupt nicht vorgefunden. In diesem Büro hier hatte er schließlich den Grafen so entdeckt, wie ich ihn jetzt vor mir sah: zusammengekrümmt auf seinem Stuhl, den Kopf auf der Schreibunterlage, den linken Arm herunterhängend, den rechten – dessen Hand die tödliche Waffe hielt – auf der Schreibtischplatte ruhend.

„Schön ist er nicht", stellte ich fest.

„Aber immerhin ein Aristokrat", erwiderte Pellegrini mit verächtlicher Ironie.

Ich mußte lachen. Der Flic als Revolutionär! Eine lustige Vorstellung... Ich wandte mich an den Butler:

„Hat der Verstorbene vorgestern abend oder gestern morgen ein Telegramm erhalten?"

„Nein, Monsieur."

„Was für ein Telegramm?" wollte Pellegrini wissen.

„Das, in dem ich mein Kommen angekündigt habe. Meine Sekretärin sollte es aufgeben. Wird's wohl verschwitzt haben. Seit einiger Zeit sind wir in der Agentur nicht mehr ans Arbeiten gewöhnt. Ich meinerseits hab mir ein paar nette Stunden in Lyon gegönnt... Konnte doch nicht ahnen, daß es bei diesem Fall auf einen Tag ankommt... Und der Graf, der keine Antwort auf seinen Brief erhielt, hat wohl inzwischen den Mut verloren und Selbstmord verübt... falls es tatsächlich Selbstmord war..."

„Davon können Sie getrost ausgehen", sagte der Kommissar herablassend. „Ein echter Selbstmord und ein nicht weniger echtes Geständnis."

Ein Selbstmord als Geständnis? Um was zu gestehen? Der Teufel sollte mich holen, wenn ich wüßte, warum der Graf mich zu sich gerufen hatte! In seinem Brief war er nicht weiter darauf eingegangen. Ich hatte angenommen, daß er das Opfer eines Erpressers oder, besser noch, einer Erpresserin geworden war. Aber nun hatte sich der Graf umgebracht. Das Ganze war also ernster gewesen, als ich es genommen hatte.

Ich platzte beinahe vor Neugier, ließ mir aber nichts anmerken. Der Tag, an dem ich Erklärungen von einem Flic erbitten würde, mußte erst noch kommen! Ich stieß nur ein möglichst gleichgültiges „Aha!“ aus. Der mediterrane Charakterzug von Pellegrini würde schon für Informationen sorgen. Der Korse konnte keine drei Sekunden still bleiben und platzte ebenfalls beinahe, allerdings vor Ungeduld, mir den Fall auseinanderzulegen.

„Ah, ich habe ganz vergessen, Ihnen meinen Kollegen vorzustellen“, sagte er mit etwas verspäteter Weltgewandtheit.

Ich folgte seinem Blick und der Geste seiner Hand. Der Mann, der überall herumschnüffelte, drehte mir sein gelangweiltes Gesicht zu und nickte kurz zum Gruß.

„Er ist Inspektor der monegassischen Polizei, Abteilung Glücksspiele.“

„Verstehe“, sagte ich. „Überwachung von Kasinos?“

Pellegrini war bereit, alles auszuspucken, was er wußte. Er legte sofort los:

„Ja. Seit einiger Zeit werden in verschiedenen Wechselstuben in Cannes, Nizza und Monte Carlo falsche Pfund Sterling in andere Währungen umgetauscht. Gleichzeitig beklagt sich das Kasino von Monte Carlo darüber, daß zunehmend gefälschte Banknoten auftauchen... französische Banknoten! Und nun stellte sich heraus, daß Fabrègues der Spieler war, der das Falschgeld eingeschleust hatte. Vor ein paar Tagen wurde er *in flagranti* an der Kasse des Kasinos erwischt. Da er eine bedeutende Persönlichkeit an der Côte war und der Direktor ihn persönlich kannte, ließ er den Grafen zu sich kommen und wies ihn höflich darauf hin, daß seine Banknoten gefälscht waren. Fabrègues reagierte ehrlich überrascht. Aber durch diesen Zwischenfall waren wir alarmiert. Seitdem überwachten wir den Grafen. Übrigens ohne Ergebnis. Gestern schließlich haben wir die Dinge ein wenig beschleunigt... Wir konnten doch nicht ewig warten... Einem hiesigen Kreditinstitut wurde eine bestimmte Menge Falschgeld angedreht, natürlich in unserem Auftrag, versteht sich. Diskretion Ehrensache! Das hat einiges Aufsehen erregt. Fabrègues konnte uns auf die Spur der Täter bringen. Ohne uns zu verraten, konnten wir ihn fragen, woher er sein Bargeld hatte. Er wurde etwas verlegen, gab uns dann aber bereitwillig Auskunft. Er habe das Geld von seinem Konto abgehoben, sagte er aus, die Geldscheine kämen demnach direkt aus der Bank…“

Ange Pellegrini machte eine Pause, um seine Kippe wegzuwerfen und sich eine neue Zigarette anzuzünden, wozu er ein Streichholz an seiner Schuhsohle anriß. Dann fuhr er fort:

„Nach Auskunft der Bank hatte der Graf seit einem Monat kein Geld mehr abgehoben. Im übrigen war sein Konto leergefegt. Möchte wissen, wie Sie an die so großzügig angebotenen fünftausend Francs kommen wollen… Na ja, dafür, daß Sie so spät eingetroffen sind…“

„Machen Sie sich um mich mal keine Sorgen… Und wie ging's weiter?“

„Wir haben ihn für heute morgen aufs Kommissariat bestellt. Fluchtgefahr bestand nicht, er wurde ja ständig überwacht. Daß er dann diesen Fluchtweg gewählt hat, konnte ich allerdings nicht ahnen… Jetzt bin ich zwar so klug wie zuvor, aber der Selbstmord beweist immerhin, daß er kein reines Gewissen hatte. Der Selbstmord… und sein Hilferuf an die Adresse der Agentur *Fiat Lux*.“

„Ach, macht das jemanden verdächtig, wenn er sich an mich wendet?“ lachte ich.

„Sie wissen doch besser als ich, Monsieur Burma, wozu man einen Privatdetektiv engagiert, oder?“ gab Pellegrini zurück. „Vertrauliche Aufträge! In diese Schublade paßt alles…“

„Weiß Gott, ja! Jetzt fange ich auch so langsam an zu ahnen, was der Mann, der eine so hohe Meinung von meinen Fähigkeiten hatte, von mir erwartete. Ich sollte die hiesige Polizei in die Tasche stecken, auf falsche Fährten locken und, wenn nötig, Sie persönlich entführen, um ihn vor Strafe zu schützen. Sagen Sie, Kommissar, könnten wir nicht mal fünf Minuten lang ernsthaft miteinander reden? Meine Arbeit ist beendet, bevor sie überhaupt begonnen hat. Aber ich glaube fast, die Sache hier interessiert mich. Was haben Sie bis jetzt herausgefunden?"

„Nichts. Aber das hindert uns nicht daran, gewisse Meinungen zu haben."

„Nichts? Nicht mal 'n paar saubere Blüten?"

„Nein. Der Graf hat alles vernichtet, bevor er sich selbst vernichtete."

Mit einer Kopfbewegung wies er auf einen Haufen Asche im Kamin. Ich ging näher ran. Der Mann aus Monaco wühlte zusammen mit dem im Kittel in den Rückständen. Ein Stück Pappe, ein Stück Leder sowie eine rund zehn Zentimeter lange angekohlte Schraubenfeder hatten sie bereits beiseite gelegt.

„Für Sie ist der Fall also erledigt, nicht wahr?" sagte ich zu Pellegrini, der sich neben mich gestellt hatte. „Er ist tot, mausetot. Was können Sie daran ändern?! Und ich kann ihn auch nicht wieder lebendig machen, leider... Hätte gern gewußt, wozu er mich engagiert hat. Aber so kann ich nur ein Glas auf ihn trinken... Wiedersehn, Kommissar, hat mich sehr gefreut!"

Pellegrini hielt mich am Jackenschoß fest.

„Gehen Sie nicht schon fort, Monsieur Burma. Ich hatte noch nie die Gelegenheit, einen Privatdetektiv von nahem zu sehen. Wirklich, Sie sind mir weniger unsympathisch, als ich gedacht hatte. Geben Sie mir Ihre Adresse, falls ich mal Lust habe, mit Ihnen zu plaudern..."

„Ach ja?" unterbrach ich ihn lachend. „Liebe auf den ersten Blick, hm? Wissen Sie, wenn Ihnen Zweifel an der Selbstmordthese kommen sollten: Als der Graf verschied, muß ich mich so zwischen Marseille und Toulon befunden haben. Und ich schwöre Ihnen, ich habe ihn noch nie von so nah zu Gesicht bekommen wie seit einer Viertelstunde. Was die gefälschten Banknoten betrifft, so erinnere ich mich nicht, jemals in einen derartigen Fall verwickelt gewesen zu sein. Ich gebe nur mehr oder weniger redlich verdientes Geld aus."

„Sie können mir aber trotzdem Ihre Adresse geben", beharrte der Korse.

„Gerne! Ich bin im *Hôtel du Cirque* abgestiegen. Sie können mich dort jederzeit erreichen."

Er ließ mein Jackett los. Ich ging zur Tür, drehte mich jedoch noch einmal um und wandte mich an den weißen Spitzbart.

„Wenn ich Ihnen empfehle, die Leiche sorgfältig zu untersuchen, Doktor, dann fassen Sie das bitte nicht als Beleidigung auf. Wissen Sie, man kann nie vorsichtig genug sein. Vielleicht handelt es sich ja um einen natürlichen Tod. Ich bin davon überzeugt, daß der Graf an einem Schlaganfall gestorben ist."

Der Spitzbart reckte sich mir streitsüchtig entgegen. Sein Besitzer hustete, so als ersticke er an seinen Worten.

„An einem ... Sagen Sie", dröhnte Pellegrini, „kann es sein, daß der Herr aus Paris ein bißchen plemplem ist? An einem Schlaganfall, haben Sie gesagt?"

„Allerdings ... An einem Schlaganfall, hervorgerufen durch den Stau seines blauen Blutes."

Mit diesen Worten ging ich, Dédé Milandre im Schlepptau, hinaus.

2
Jacqueline Andrieu

Draußen hatten sich noch ein paar weitere Gaffer zu der Menge gesellt. Ein junger Telegrammbote erinnerte mich an die Nachlässigkeit meiner Sekretärin, die so traurige Konsequenzen gehabt hatte. Aber noch jemand anders ließ mich an Hélène Chatelain denken: eine junge Frau mit blondem Haar, die meiner Sekretärin ziemlich ähnlich sah.

Sie entstieg gerade einem Simca, an dessen Steuer ein anderes junges Mädchen saß, knallte die Tür zu und lief achtlos über die Straße. Ihre Hand knetete ein zusammengerolltes Taschentuch. Sie hatte sich in aller Eile geschminkt, und die Wimperntusche verlief mit dem Rouge ihrer Wangen. Hübsch sah das wirklich nicht aus. Eine schlechte Reklame für wasserfeste Tusche. Die junge Frau wollte sich durch die Menge drängen, als ich sie am Arm festhielt und zur Seite zog.

„Seien Sie nicht blöd", raunte ich ihr zu. „Dies ist nicht der richtige Augenblick, um in dem Kasten da aufzukreuzen. Die Flics stehen fast auf dem Billardtisch!"

Sie sah mich aus ihren verweinten Augen an. Wie Hélènes Augen waren sie grau und wunderschön, im Moment jedoch angsterfüllt.

„Was... was macht das... schon", stammelte sie. „Man hat mir gesagt, daß Pierrre... tot ist... Aber... aber wer sind Sie überhaupt?"

„Ein Freund von Pierre. Und den holen weder Ihre Tränen noch ihre unbesonnenen Handlungen ins Leben zurück, wenn Sie mir diese Bemerkung erlauben."

„Also ist er... Es stimmt also?"

„Ja... Gestatten Sie mir, daß ich Ihnen einen Rat gebe. Ich

habe sozusagen Erfahrung in solchen Angelegenheiten. Deswegen hat mich Monsieur de Fabrègues übrigens zu sich bestellt. Wenn ich mich nicht noch in Lyon amüsiert hätte, wäre er jetzt vielleicht nicht tot. Aber Sie verstehen sicher kein Wort von dem, was ich sage, stimmt's? Ist auch nicht so wichtig. Wichtig ist nur, daß Sie nicht in diese Mausefalle laufen. Der Graf steckte bis zum Hals in einer unsauberen Geschichte. Wenn Sie jetzt da reingehen, nehmen die Flics Sie in die Mangel. Ich kassiere fünftausend Francs dafür, daß ich zu spät gekommen bin. Ich fühle mich Pierre gegenüber in einer gewissen Schuld. Da Sie seine Freundin waren, übertrage ich dieses Gefühl auf Sie."

Sie schneuzte sich und sah mich etwas weniger ängstlich an.

„Warum hat er das getan?"

„Dies hier ist nicht der ideale Ort für vertrauliche Mitteilungen. Der Flic an der Tür beobachtet uns schon. Gibt es einen Ort, wo wir ungestörter miteinander reden können?"

„Tja... Ich weiß nicht... Ich..."

So hilflos und manövrierunfähig, wie sie war, hatte ich sie beinahe soweit. Ich half noch etwas nach, und schon war es geschafft.

„Bei mir zu Hause vielleicht?" schlug sie vor.

„Gute Idee! Fahren wir zu Ihnen. Und wenn Sie hinterher noch Lust haben, in dieses Haus zu gehen, können Sie es meinetwegen tun."

Ich sagte Milandre, daß ich seine Fahrkünste im Moment nicht mehr benötigte. Wir verabredeten uns zum Aperitif im Café *Zum Roten Vogel*. Dann stieg ich in den Simca und wurde der Fahrerin als Freund von Pierre vorgestellt. Sie sah mich mißtrauisch an und startete den Wagen.

„Ich heiße Burma", sagte ich. „Nestor Burma." Mein Name hatte nicht den gewünschten Erfolg, worüber ich fast ein wenig enttäuscht war. „Entschuldigen Sie, daß ich mich Ihnen nicht schon früher vorgestellt habe, aber die Straße ist für Höflichkeiten weniger geeignet. Normalerweise wohne ich in Paris. Der Graf hatte mich kommen lassen. Aber das kann ich Ihnen später noch genauer erklären. Zunächst interessiert mich, wie Sie von diesem... äh... Unglücksfall erfahren haben."

„Das ist Mado", sagte die junge Frau neben mir, wobei sie auf die Fahrerin zeigte. „Sie ist zufällig hier vorbeigekommen und hat die Leute vor dem Haus gesehen. Man hat ihr gesagt, daß Pierre sich umgebracht hat. Da ist sie sofort zu mir gefahren, um mir Bescheid zu sagen..."

„Eine richtige Freundin", stellte ich fest.

„Ja", stimmte sie mir zu, ohne meine Ironie zu bemerken.

„Und wie heißen Sie?" fragte ich.

„Jacqueline Andrieu."

Der Simca hielt vor einem rosafarbenen Wohnsilo. Wir stiegen aus. Der Lift brachte uns in die neunte Etage, wo Mademoiselle Andrieu ein hübsches Appartement bewohnte. Aus der Einrichtung und den Fotos an den Wänden erriet ich den Beruf der Mieterin. Sie mußte in irgendeinem Varietétheater beschäftigt sein.

Auf einem Mahagonitischchen stand neben einer Vase mit duftenden Blumen eine gerahmte Fotografie. Der abgebildete Kopf wies kein Loch an der Schläfe auf, und das ungefällige Gesicht war durch den Fotokünstler verschönt worden. Dennoch erkannte ich sofort den Grafen, dessen Leiche allerdings nicht so hübsch eingerahmt gewesen war.

Jacqueline Andrieu ließ sich erschöpft auf ein niedriges Sofa fallen und bot mir mit einer mechanischen Geste einen Stuhl an. Ich hatte mich kaum gesetzt, als Mado auch schon zum Angriff überging:

„Ich will Jackie keine Ratschläge erteilen, aber Sie müssen doch zugeben, daß Sie ihre Situation ausgenutzt haben, um sich hier einzuschleichen! Können Sie das erklären?"

Ich brachte die Kleine mit einer ungeduldigen Handbewegung zum Schweigen, konnte mir aber ein Lächeln nicht verkneifen. Ich bin nun mal voller Widersprüche. Wenn ein hübsches Mädchen mich wütend anblitzt, macht mich das glücklich.

Ich kramte in meiner Brieftasche und zauberte eine Visitenkarte hervor, die mich als Anwalt auswies. Ich reichte sie Jacqueline.

„Anwalt?“ Sie war verblüfft. „Pierre brauchte einen Anwalt?“

„Ja, einen Anwalt. Und zwar einen der ganz besonderen Art. Hier, lesen Sie den Brief, den er mir geschrieben hat.“

Ich reichte ihr den mit roter Tinte geschriebenen Brief. Jakkie las ihn langsam.

„Auf wievielen Hochzeiten tanzen Sie eigentlich?“ fragte Mado, die ihrer Freundin über die Schulter sah. „Haben Sie keine Angst, gegen das Gesetz gegen Ämterhäufung zu verstoßen? Abkassierer!“

„Jetzt reicht's“, herrschte ich sie an. „Halten Sie endlich die Klappe!“

Sie hielt sie. Ich konnte mich wieder auf Jacqueline konzentrieren.

„Daß es so dringend war, wußte ich nicht“, sagte ich. „Sonst wäre ich nicht in aller Ruhe in Lyon spazierengegangen. Pech, daß der Graf das Telegramm, in dem ich mein Kommen ankündigte, nicht erhalten hat. Ihr Freund hat sich heute morgen das Leben genommen. Sie werden verstehen, daß er das nicht ohne Grund getan hat.“

„Um sich umzubringen, muß man allerdings einen Grund haben“, gab sie zu. „Aber welchen? Großer Gott, mir dreht sich alles...“

„Diese Aristokraten sind überaus empfindlich, was ihre Ehre angeht. Pierre war Stammgast in den Kasinos, nicht wahr? Hab gehört, daß sein Konto leer war. Kannten Sie seine Vermögensverhältnisse?“

„Nein, darum habe ich mich nie gekümmert.“

„Haben Sie ihm in letzter Zeit Geld geliehen?“

Sie stieß ein bitteres Lachen aus. Gleichzeitig sah sie mich erstaunt an. Mado schlug sich auf die Schenkel und prustete los.

„Geld geliehen?“ rief sie. „Einem Grafen? Sie sind mir 'n schöner Detektiv.“

„Mit dem, was ich verdiene, komme ich gut über die Runden", murmelte Jacqueline. „Aber es ist nicht soviel, um einen Gigolo auszuhalten, wenn Sie das meinen."

„Das meinte ich ganz und gar nicht", stellte ich klar. „Es kann aber doch vorkommen, daß man sich aushilft, so von Mann zu Frau, unter Liebenden... Das ist nur normal. Wie heißt es noch so schön in dem Film... *Hafen im Nebel*, glaube ich... Da sagt Michèle Morgan: ‚*Das Geld des Mannes, das Geld der Frau, es ist eins*'... Verstehen Sie jetzt, was ich meine?"

„Sehr gut. Pierre hatte mein Geld nicht nötig, Monsieur Burma. Er hat mich zwar nicht ausgehalten, aber die Miete für dieses Appartment hier hat er bezahlt... und ein paar Kleider... Warum fragen Sie das alles? Schließlich hat sein... Tod nichts mit Geldschwierigkeiten zu tun. Sie haben doch selbst gesagt, daß er in eine krumme Sache verwickelt war..."

Ich legte ihr sanft meine Hand auf den Arm.

„Hören Sie", sagte ich lächelnd, „auch wenn es nicht so aussieht: Ich will nur Ihr Bestes. Die finanzielle Situation Ihres Freundes war... äh... sagen wir mal, angespannt. Darum hat er Falschgeld in Umlauf gebracht. Wenn die Polizei von Ihrer Beziehung erfährt, könnte sie auf die Idee kommen, daß Sie in die Sache verwickelt sind. Das würde Ihnen jede Menge Ärger einbringen. Begreifen Sie, warum ich Sie eben daran gehindert habe, sich den Flics zum Fraß vorzuwerfen?"

„Falschgeld?" stieß sie ungläubig hervor. „Aber..."

Sie richtete sich auf. Ich hatte den Eindruck, daß sie mir gleich das Gesicht zerkratzen würde, und packte ihre zarten Handgelenke.

„Warum sollte er sich sonst umgebracht haben?" schrie ich. „Weil das Wetter so schön war und die Grillen zirpten? Seien Sie vernünftig... Glauben Sie, daß er mich aus Paris hat kommen lassen, um mir in meine schönen Augen zu sehen?"

Sanft drückte ich das Mädchen auf das Sofa zurück. Sie schluchzte und lachte zugleich. Die eigentliche Tatsache, daß

Ihr Freund Blüten in Umlauf gebracht hatte, schien sie aber gar nicht so sehr zu empören.

„Was ist das überhaupt für 'n Vogel?" fauchte Mado. „Schmeiß ihn raus, Jackie!"

Ich drehte mich zu der Freundin um, packte ihren Arm und schüttelte sie wie einen Pflaumenbaum. So langsam hatte ich von ihren Einlagen die Schnauze voll.

„Hab ich Ihnen nicht gesagt, Sie sollen die Klappe halten?" schrie ich sie an. „Sie..."

Meine Beleidigungen ließen ihre Ohren nicht rot werden. Wahrscheinlich hatten sie schon ganz andere Dinge gehört. Mado riß sich los und ging hüftenschwingend zum Telefon.

„Sie sind mir zu ungehobelt", sagte sie gespreizt. „Ich glaube, der Concierge wird eher mit Ihnen fertig..."

Ich stürzte vor ihr zum Telefon.

„Sie hauen jetzt ab", sagte ich höflich, aber bestimmt.

„Monsieur ist das Gesetz, wie?" höhnte sie.

„Sie hauen jetzt ab", wiederholte ich. „Merken Sie nicht, daß Sie hier überflüssig sind?"

„Das trifft eher auf Sie zu, meinen Sie nicht?" gab sie zurück.

„Oh, bitte!" seufzte Jacqueline. „Streitet euch nicht! Laß uns alleine, Madeleine, ja?"

Ihre Freundin brach in unangenehm schallendes Gelächter aus.

„Na gut!" spuckte sie. „Der Klugscheißer hat dich sowieso schon in der Tasche, dieser Schwätzer! Euch alleine lassen? Wie zwei Verliebte? Aber bist du denn verrückt, Jackie? Der Kerl wickelt dich doch um den kleinen Finger! Weißt du überhaupt, wo der herkommt? Guck dir doch mal das Pfeifengesicht an!"

„Ich habe Vertrauen zu Monsieur Burma", entgegnete Jacqueline. „Ich weiß zwar noch nicht so genau, was er von mir will, aber ich vertraue ihm. Schon alleine deshalb, weil Pierre ihn um... um Hilfe gebeten hat."

„Sie sind zu vertrauensselig", warf ich ein, während ich

meine Pfeife stopfte, um meinem Gesicht das eben erwähnte Aussehen zu verleihen. „Hoffentlich wird es nicht enttäuscht, Ihr Vertrauen! Ich spiele nicht auf mich an. Von meiner Person habe ich nämlich eine ziemlich hohe Meinung. Nein, ich rede von ihrer sauberen Freundin."

„Was soll das denn nun schon wieder?" keifte Mado-Madeleine.

„Ich bin nicht so blöd, wie ich aussehe, Mademoiselle! Sie werden Ihr aggressives Verhalten noch bereuen... und bezahlen! Warum haben Sie es so eilig, mich loszuwerden, hm?"

„Ich bin Jackies beste Freundin, und ich finde..."

„Beste Freundin? Daß ich nicht lache! Geben Sie doch zu, daß mein Auftauchen Ihre Pläne durchkreuzt hat!"

„Meine Pläne? Welche Pläne?"

Das Funkeln in ihren Augen strafte den unschuldigen Ton ihrer Stimme Lügen. Ich hatte richtig geraten.

„Da Sie sich wie ein Schulmädchen gebärden, muß ich wohl Klartext reden."

Ich baute mich vor ihr auf und nahm meine Pfeife aus dem Mund. Beim Sprechen blies ich ihr den Rauch mitten ins Gesicht.

„Sie haben ganze Arbeit geleistet, was?" fuhr ich fort. „Besser gesagt, Sie hätten beinahe! Denn ich habe alles kaputtgemacht. Um nichts in der Welt hätten Sie mit jemandem tauschen mögen, stimmt's? So großen Spaß hat es Ihnen gemacht, heute morgen, Ihrer Freundin die Neuigkeit zu überbringen! Streiten Sie's nicht ab! Ihre Augen glänzen ja immer noch vor Freude! Eifersüchtig, hm?"

Sie blies den Tabakqualm zurück. Ich sah, wie sich ihre Gesichtsmuskeln spannten. Die klimpernden Wimpern sollten den Wutausbruch abschwächen.

„Auf wen und auf was?" zischte sie.

„Auf den Papst! Arme Irre! Haben Sie etwa geglaubt, Sie könnten einem Aristokraten den Kopf verdrehen, indem Sie vor ein paar alten Männern mit ihren nackten Schenkeln rumwackeln? Haben Sie sich einmal im Spiegel beguckt? Sie sind ein hübscher Käfer, das will ich gar nicht abstreiten. Aber von Ihrer Sorte gibt es Tausende, und neben Jacqueline sind Sie ein Nichts! Was Ihnen fehlt, ist…“

„Also gut, ja“, unterbrach sie mich und reckte ihr Kinn vor, „ja, ich bin eifersüchtig auf dieses dumme Stück, das die Gelegenheiten nicht auszunutzen versteht…“ Mado ging auf Jakkie zu, die immer noch auf dem Sofa saß. „In letzter Zeit warst du Pierre ziemlich schnuppe“, zischte sie giftig.

Ich riß ihren Arm herum. Eine Strähne löste sich aus ihrer Frisur und fiel ihr in die Stirn. Sie fauchte mich an:

„Ich glaube, es hat keinen Zweck, Ihnen etwas vorzumachen. Stimmt's, Sie verdammter Schnüffler? Also gut! Ich bin froh über das, was passiert ist…“

„Hab ich mir gedacht.“

„Ja, froh!“ schrie sie. „Hörst du, Jackie? Froh! Ich hab versucht, mir Pierre zu angeln, aber es hat nicht geklappt. Dabei hab ich mir so große Mühe gegeben! Nach der Sache mit Agnès war er mißtrauisch. Alles vergeblich. Verlorene Liebesmüh, sozusagen. Und da kommt diese dumme Kuh daher, raucht nicht, trinkt nur Fruchtsaft, schickt ihrer Alten bestimmt Geld… Sollte mich wundern, wenn's nicht so wäre… Und diese blöde Ziege macht das Rennen! Ich hätte mir vor Wut in den Hintern beißen können. Mich hat er abblitzen lassen, und…“

„Wer hätte gedacht, daß ein Mann mit so'ner Visage derartige Rivalitäten auslösen könnte“, sinnierte ich.

„Was interessiert mich die Visage?“ fragte die Furie rhetorisch. „Es war immer schon mein Traum, das Varieté zu schmeißen und mit einem Titel rumzurennen!“

Lachend ließ ich ihren Arm los. Die Kleine gehörte offensichtlich zu der bösartigen Sorte, die sich zweimal anstellt, wenn's was umsonst gibt. Außer sich vor gewissermaßen posthumer Enttäuschung und weil ich ihr Spielchen aufgedeckt hatte, fuhr sie fort:

„Aber die Bäume wachsen nicht in den Himmel, meine Liebe! Pierre hatte genug von dir, das hab ich schon vor einem

Monat gemerkt. Und ich hab mich auf das unvermeidliche Ende gefreut, auf das dumme Gesicht der heiligen Unschuld! Heute morgen erfahre ich dann auf der Straße, daß er sich eine Kugel in den Kopf gejagt hat. Natürlich bin ich schnurstracks zu dir gekommen, um dir die gute Nachricht u überbringen... Er hat sich das Leben genommen... Es soll eine Frau dahinterstecken..."

„Sie lügen ausgezeichnet", sagte ich, „aber müssen Sie dabei so schreien?"

„Ich weiß, was ich weiß", erwiderte sie in unverminderter Lautstärke. „Und wenn hier einer lügt, dann sind Sie es! Ihre Geschichte mit dem Falschgeld paßt hinten und vorne nicht. Falschgeld? Warum kein Einbruch? Vielleicht gehörte Monsieur de Fabrègues ja auch zur Bande von Chichi-Frégi?!"

„Ich werd's nachprüfen", versprach ich.

„Nicht irgendeine krumme Sache hat ihn zum Selbstmord getrieben", fuhr sie unbeirrt fort. „Nein, er muß eine Frau geliebt haben... Eine Frau, die seine Liebe nicht erwidert hat..."

„Muß?" hakte ich nach.

„Na ja, egal, jedenfalls hatte Pierre die Schnauze voll!" rief sie mit Nachdruck.

Sie holte Luft und strich mit zitternder Hand die Strähne aus ihrem Gesicht. Jacqueline saß zusammengesunken auf dem Sofa und weinte leise vor sich hin. Mado fingerte eine Zigarette aus der Tasche ihres Sommerkostüms und steckte sie sich zwischen die bebenden Lippen. Ich strich ein Streichholz an und näherte die Flamme dem Gesicht der Giftspritze.

„Das tut gut, was?" sagte ich.

„Was?"

„Dreck schleudern! Lügen wie gedruckt, aber auch seine Wut rausschreien, seine Enttäuschung, seine Eifersucht!"

„Ja", gab sie zu. „Das erleichtert."

„Was war das für eine Geschichte, von der du eben geredet hast?" flüsterte Jacqueline. „Welche Agnès?"

Mado war jetzt wieder ganz ruhig. Langsam antwortete sie:

„Agnès Paoli, die Blumenverkäuferin vom *Ex-Cargo*,

einem Lokal von La Boca. Pierre hatte sie... äh... verführt." Bei diesem Wort zierte sie sich richtig. „Deswegen hat er Ärger mit ihrem Bruder Antonio gekriegt. Der hat geschworen, Fabrègues fertigzumachen. Tonio meint immer noch, die Ehre einer Schwester muß verteidigt werden, wie im letzten Jahrhundert. Aber der Schlappschwanz hat natürlich nichts gemacht. Der Graf jedenfalls hatte seitdem einen Riesenschiß. Hat danach ganz genau aufgepaßt, mit wem er sich einließ..."

„Wollen Sie damit sagen", lachte ich, „daß Sie auch so was wie 'n korsischen Bruder haben?"

„Witzbold!" Sie lächelte mich tatsächlich an! „Nein, aber meine Freunde sind alle jung und kräftig."

„Soll das eine Drohung sein?"

„Absolut nicht."

Sie drehte an dem mittleren Knopf ihrer Jacke.

„Das gefällt Ihnen, was? Klar, Sie sind ganz verrückt nach Geständnissen, bei dem Beruf! Schmutzige Wäsche waschen und mit Ihren dreckigen Fingern in intimen Sachen rumwühlen, das erregt Sie bestimmt... Von mir werden Sie bestens bedient, was? Ich nehme kein Blatt vor den Mund."

„Erstens habe ich keine dreckigen Finger", widersprach ich. „Und zweitens glaube ich, daß Sie sehr wohl ein Blatt vor den Mund nehmen. Aber das ist im Moment nicht so wichtig."

Ohne nach einem Aschenbecher Ausschau zu halten, warf sie ihre Zigarette auf den Boden und trat sie aus.

„Oh, Sie machen mir keine Angst!" rief sie.

„Ich hatte auch gar nicht die Absicht."

„Wirklich nicht? Sie Unschuldslamm! Aber genug geredet! Auf Wiedersehn! Wenn Sie noch was von mir wollen... Sie finden mich in der nächstbesten Bar. Muß mir einen Martini runterkippen. Den zieh ich nämlich einem Obstsaft vor!"

„Was auch die einzige Vorliebe sein dürfte, die wir gemeinsam haben. Ah, einen Moment noch... Der Simca gehört doch Ihnen, oder? Klar, Mademoiselle Andrieu ist ja zu blöd, um sich so was schenken zu lassen... Sie sind also in Ihrem

Wagen heute morgen an der Villa des Grafen vorbeigefahren. War das wirklich nur reiner Zufall?"

Für den Bruchteil einer Sekunde blitzte Unruhe in ihren Augen auf. Mados frechem Blick konnte das aber nichts anhaben.

„Soll das 'ne Fangfrage sein?" fragte sie zurück. „Ich könnte die Aussage verweigern, Herr Schnüffler. Aber da ich ein wohlerzogenes Mädchen bin ... Ja, es war reiner Zufall."

Knallend fiel hinter ihr die Tür ins Schloß.

„Da geht die Freundschaft", summte ich vor mich hin.

Jacqueline hob ihr verweintes Gesicht.

„Ich hätte nie gedacht, daß sie so biestig sein kann", sagte sie seufzend.

„Es gibt schlimmere Freunde", erwiderte ich, ganz Philosoph. „Wie heißt denn diese reizende Person?"

„Madeleine Poitevin."

„Tänzerin?"

„Ja, im *Eldorado*. Wir gehören zur selben Truppe."

„Das mit den wackelnden Schenkeln hab ich nur gesagt, um das Gespräch richtig in Gang zu bringen. Ich wollte das nicht verallgemeinern."

Jacqueline nahm meine Entschuldigung gar nicht zur Kenntnis. Wieder wurde sie von Weinkrämpfen geschüttelt. Sie nahm meine Hand, wie ein Kind, das Angst hat und Schutz sucht.

„Glauben Sie", flüsterte sie, „daß das stimmt... was sie gesagt hat... das mit der anderen Frau?"

Das bereitete ihr anscheinend den größten Kummer.

„Dynamit-Burma ist weder Priester noch Fakir noch Kummerkasten-Tante. Normalerweise wird er in Herzensangelegenheiten weniger zu Rate gezogen. Mehr kann ich dazu nicht sagen."

„So ein Biest!" zischte Jacqueline hinter ihrer Freundin her.

Sie gab meine Hand frei, lehnte sich in die Kissen zurück und heulte so richtig los. Solange sie sich nicht beruhigte, konnte ich eine ernsthafte Unterhaltung vergessen.

„Gehen Sie heute abend nicht zur Arbeit", bat ich sie. „Ich komm wieder vorbei, und dann reden wir miteinander. Bis dahin ruhen Sie sich aus! Und versuchen Sie um Himmels willen nicht, Pierre zu... zu besuchen. Sollte die Polizei von Ihrer Beziehung zu dem Toten erfahren und sich über ihre Gleichgültigkeit wundern, schieben Sie die Schuld ruhig auf mich! Sagen Sie, Sie hätten Nestor Burmas Rat befolgt. Ich sehe, mein Name sagt Ihnen nichts; aber ich versichere Ihnen, ich bin ein ausgewachsener Detektiv mit ausgezeichnetem Ruf..."

„Ich danke Ihnen", flüsterte das Mädchen und betupfte ihre Nase. „Wie man eine Untersuchung führt, weiß ich nicht. Ich nehme an, man wird Pierres Freunde... äh... verhören. Die Polizei hat bestimmt meine Adresse in seinen Papieren gefunden und wird bald hier sein..."

„Nein, wird sie nicht! Fabrègues hat *tabula rasa* gemacht. Adreßbuch, Zettel, er hat alles im Kamin verbrannt, bevor er... starb."

Ich verabschiedete mich. Unten erkundigte ich mich beim Concierge nach der Verwaltung des Häuserblocks. Es war die Agentur *Rosey*, am anderen Ende von Cannes. Dort erfuhr ich, daß die Miete, zahlbar am 15. jeden Monats, für Juli noch nicht eingegangen war. Normalerweise schicke Monsieur de Fabrègues einen Scheck, so um den 10. herum, diesen Monat jedoch...

„Wir haben bereits den 25.", stellte der Angestellte fest, während er seine Fingernägel polierte. „Ich mußte soeben erfahren, daß der Graf sich... äh... daß er tot ist, und..."

„Sie brauchen Mademoiselle Andrieu nicht damit zu belästigen", unterbrach ich ihn. Mir war klar, worauf er hinauswollte. „Wie hoch ist die Miete?"

Hoch war sie, die Miete. Ich rang mich zu einer guten Tat durch, zahlte und verschwand.

Aus irgendeinem Grund hatte Pierre de Fabrègues in diesem Monat nicht die Absicht gehabt, die Miete für seine kleine Freundin zu begleichen. Wie hatte diese alte Giftspritze noch gesagt? *Jedenfalls hatte Pierre die Schnauze voll*!

Die Kirchturmuhr schlug zwölf, als ich das Café *Zum Roten Vogel* erblickte. Milandre lümmelte sich lässig in einem Korbsessel auf der Terrasse. Hier trafen sich nette Mädchen und braungebrannte junge Männer. Mit einer Krawatte und meiner Pariser Blässe paßte ich nicht so recht ins Bild. Doch das war meine geringste Sorge. Bevor ich mich zu Dédé setzte, ging ich zum Telefon. Es war mir ein paar Francs wert, meiner Sekretärin wegen ihrer nachlässigen Arbeitsauffassung den Marsch zu blasen. Ich nannte der Telefonistin die gewünschte Nummer und nahm auf der Terrasse Platz.

Wir waren beim dritten Aperitif, als Ange Pellegrini vorbeikam. Jedes unschuldige Baby hätte auf den ersten Blick seinen Beruf erraten. Hände auf dem Rücken, gespielt gleichgültiger Rundblick, den er jedoch wie ein Jagdhund um sich warf: Man roch den Flic auf hundert Meter.

Er bemerkte uns sofort und kam auf uns zu.

„Sie kommen genau richtig, um mir meinen vierten *Pastis* zu spendieren!“ rief ich statt einer Begrüßung.

„Gut, daß ich Sie treffe“, brummte er, kaum daß er sich gesetzt hatte. „Was wollten Sie mit der Anspielung auf das blaue Blut des Grafen sagen?“

„Nichts weiter“, antwortete ich.

Der Kommissar hätte sich bestimmt nicht mit dieser Auskunft zufriedengegeben, wäre nicht genau in diesem Augenblick ein Zeitungsjunge mit einer Sonderausgabe des *Littoral* vorbeigekommen. Hauptthema darin war die Schießerei, mit der mich diese wunderschöne Stadt empfangen hatte. Ich kaufte dem Jungen ein Exemplar ab.

Der tote Gangster war ohne Schwierigkeiten identifiziert worden. Sein Name wurde verschwiegen, da er aus „gutem Hause“ stammte und bisher noch nie mit dem Gesetz in Konflikt geraten war. Ein neues Mitglied der Bande von Chichi-Frégi, dem „Mittelmeer-Gangster“, dessen tollkühne, bisher nicht aufgeklärte Straftaten junge Leute verdarben.

Ich faselte einige handgestrickte Sätze über die Gefahr, die von solchen Zeitungsberichten für die Jugend ausging. Doch Pellegrini fiel mir ins Wort:

„Spielen Sie bloß nicht den Moralisten, Monsieur Burma! Ihnen ist die Jugend im allgemeinen und diese Geschichte im besonderen doch genauso egal wie mir... Aber sagen Sie, irgend etwas bei dem Selbstmord des Grafen hat Ihnen nicht gefallen, stimmt's? Was meinten Sie mit dem blauen Blut?"

Ich überlegte krampfhaft, wie ich der Frage ausweichen könnte, ohne den Korsen zu verärgern, als ich ans Telefon gerufen wurde. Das gab mir Gelegenheit, erst einmal zu verschwinden.

Hélènes Stimme klang besorgt. Sie fragte sich, was ich wohl von ihr wollte. Ich sagte es ihr klipp und klar, vom *Pastis* beschwingt. Nachdem ich sie gehörig abgekanzelt hatte, ging ich zufrieden zu meinen Tischgenossen zurück. An der Theke sah ich einen Mann stehen. Eine Art Skelett mit rasiertem Schädel, genauso blaß wie ich.

Ange Pellegrini war gerade dabei, den armen Dédé auszuquetschen.

„Man hat mir soeben am Telefon versichert, daß der Graf sich gar nicht umgebracht hat. Das hat jemand anders besorgt, und zwar der da", sagte ich und zeigte auf meinen ehemaligen Mitarbeiter.

„Sie sollten die Finger vom Alkohol lassen", knurrte der Kommissar.

„Prima Idee, werd's mir überlegen", erwiderte ich fröhlich und bestellte beim Kellner einen weiteren *Pastis*, den fünften. Pellegrini machte ein angewidertes Gesicht, was höchst komisch wirkte.

„Mit Ihnen kann man sich nicht ernsthaft unterhalten", sagte er. „Werd's ein andermal versuchen, wenn Sie zufällig mal nüchtern sind."

Der Korse stand auf und wollte sich entfernen.

„Moment!" rief ich. „Was wissen Sie über einen Landsmann von Ihnen namen Paoli? Antonio Paoli?"

„Sie scheinen ja bereits unsere lokalen Berühmtheiten zu

kennen! Paoli ist ein Idiot. Hat es sich in den Kopf gesetzt, jedem den Hals umzudrehen, der sich an seine Schwester ranmacht. Bis jetzt hat er aber noch nie Wort gehalten."

„Wissen Sie, daß er auch Fabrègues bedroht hat?"

Pellegrini stützte sich mit beiden Händen auf das Tischchen und beugte sich zu mir runter.

„Im Ernst?" wunderte er sich. „Das ist ja höchst interessant! Und der Graf bekam solche Angst, daß er sich umgebracht hat, ja? Monsieur Burma, der *Pastis* steigt Ihnen zu Kopf, finden Sie nicht?"

Unmöglich, dem Kommissar etwas beizubringen! Er stichelte noch eine Weile herum, lachte und rief mir im Weggehen zu:

„Vielen Dank für die Information! Vielleicht kann ich irgendwann sogar was damit anfangen."

Großzügigerweise hatte er eine Runde spendiert. Wir sollten das später merken, als wir sie selbst bezahlen mußten. Das war wohl der ganz spezielle korsische Humor.

„Sehen Sie sich mal den Kerl an der Theke an", sagte ich zu Milandre. „Nur keine Hemmungen, er ist gerade sehr beschäftigt. Außerdem... Soll er's doch ruhig merken... Nur Haut und Knochen, Flanellhose und kariertes Hemd."

„Der, der sich mit der Dame... sagen wir: reiferen Alters unterhält?"

„Genau der. Sollte er mal das Hemd wechseln oder ein Bad nehmen, rufen Sie mich an! Aber ehcr spiel ich russisches Roulette mit dem Papst... Vielleicht verbietet ihm seine Religion, die Kleider zu wechseln?"

„Wem? Dem Papst?"

„Nein, dem Skelett. Der Kerl hat Tätowierungen auf den Armen, da fallen Ihnen die Augen aus dem Kopf."

„Können Sie etwa durch den Hemdstoff hindurchsehen?"

„Ich kenne ihn. Frédéric Pottier, für seine Freunde Frédo. Hatte ihn noch nicht an der frischen Luft vermutet. Er muß wohl vorzeitig entlassen worden sein."

„Schreien Sie doch nicht so!"

„Wer? Ich? Ich schreie doch nicht!"

Bis jetzt war ich der Meinung gewesen, ich hätte leise gesprochen. Das mußte dieser verdammte *Pastis* sein!

„Man hört Sie auf drei Kilometer Entfernung!"

Der Kahlköpfige verließ in Begleitung seiner Eroberung das Lokal. Als er an mir vorbeiging, hielt ich ihn am Arm fest.

„Hallo, Frédo!" begrüßte ich ihn. „Sagst du deinen alten Freunden nicht mehr guten Tag?"

„Oh, Burma!" rief er.

Sein Versuch, Überraschung zu heucheln, fiel kläglich aus. Als hätte er nicht gehört, wie ich zum Telefon gerufen wurde! Als hätte er mich nicht an der Theke vorbeigehen sehen!

„Auf Urlaub?" fragte er.

„Tja... Wenn man so will... Schön, Sie mal wiederzusehen, Frédo. Sind Sie Stammgast hier? Kann man Sie hier anrufen? Wer weiß, ich könnte ja zufällig Ihre Hilfe benötigen."

„Wüßte nicht, in welcher Hinsicht", lachte er. „Höchstens, falls Sie nicht mehr zum Hotel zurückfinden. Die Sonne ist trügerisch hier im Süden, da zählen die Gläschen doppelt! Na ja, rufen Sie mich ruhig an, wenn's Ihnen Spaß macht. Auf Wiedersehen!"

Zusammen mit der Frau stieg er in einen Wagen, der auf der anderen Straßenseite geparkt war. Sie fuhren in Richtung Schloß Saint-Georges.

„Er sieht gar nicht glücklich aus", bemerkte ich mit schwerer Zunge.

„Sagen Sie, Burma... Was hatte es nun mit dieser Bemerkung über das blaue Blut des Grafen auf sich?" fragte Dédé.

„Was? Sie auch? Haben Sie denn nicht kapiert, daß ich den Korsen auf den Arm nehmen wollte?"

Ich sah mich mit dem Korsen auf dem Arm und mußte lachen.

3
Abschiedsbriefe

Als ich am nächsten Morgen aufwachte – besser gesagt: wieder zu mir kam! –, durchflutete die Sonne des 26. Juli mein Zimmer im *Hôtel du Cirque*. Ich brauchte mir bestimmte Ereignisse des Vorabends gar nicht ins Gedächtnis zu rufen. Das ging sowieso über meine momentanen Geisteskräfte. Nein, um zu begreifen, was geschehen war, genügte es, mich abzutasten.

Zusätzlich zu den üblichen Kopfschmerzen hatte ich ein blaues Auge, auf dem anderen einen Verband und Prellungen am ganzen Körper. Ich war wohl in trunkenem Zustand gegen friedliche Bürger gelaufen, die ihre Fäuste zu gebrauchen wußten. Südfrankreich bekam mir wirklich gut!

Leclercq und Milandre saßen an meinem Bett. Der erstere sah mich besorgt und fassungslos an und zweifelte offensichtlich an meiner Seriosität. Der zweite kicherte. War wohl immer noch blau.

„Sie waren gestern abend in Höchstform“, sagte er. „Möchte wissen, ob die im *Ex-Cargo* noch ein einziges heiles Glas haben!“

„Im *Ex-Cargo*?“

„Ja, das Lokal von La Boca, wo Sie Belami die hübsche Fresse poliert haben.“

„Belami?“

Ich verstand nur Bahnhof. Leclercq reichte mir ein Glas Mineralwasser. Die Entziehungskur konnte beginnen! Ich trank einen Schluck und bat Dédé, deutlicher zu werden. Er tat mir den Gefallen.

Im *Ex-Cargo* war ich mit Belami aneinandergeraten, dem

Traum aller Frauen, der zu Recht stolz auf sein klassisches Profil war. Leider würde der Schönling sich nach unserer Begegnung nur noch mit früheren Fotos trösten können. Nachdem ich ihn gewarnt hatte, ich sei aus anderem Holze geschnitzt als Antonio Paoli, hatte ich eine gründliche Schönheitsoperation an ihm vorgenommen. Wie Dédé berichtete, hatte ich ihm die Nase zertrümmert, die dicke Lippe an den Mundwinkeln gespalten – wodurch sein Mund jetzt etwas zu groß wirkte, zumal auch noch zwei Zähne hatten dran glauben müssen – und die Augenbrauen aufgeschlagen. Nicht ganz klar war, inwieweit eines seiner schönen Augen ernstlich in Mitleidenschaft gezogen worden war. Dann artete das Ganze in eine allgemeine Schlägerei aus, bei der ich nun meinerseits meinen Teil abbekam. Belamis Freunde verstanden ihr Handwerk! Dédé und ich suchten unser Heil in der Flucht, wobei uns das Auto meines Freundes von großem Nutzen war. Dédé war es dann auch, der mich fachmännisch verbunden hatte. Während des Marokkokriegs war er Sanitäter gewesen. Ein Profi hätte das nicht besser machen können.

„Durch dieses Abenteuer werde ich in Pellegrinis Ansehen nicht grade steigen", brachte ich mühsam heraus.

„Oh, das ist alles sehr schnell gegangen", beruhigte mich Milandre. „Und hier in Cannes kennt Sie niemand. Pellegrini wird's kaum erfahren."

„Aber dieser Belami wird mich doch sicher verklagen?"

„Würde mich wundern."

Dédé grinste vielsagend.

„Ach! Sind das auch Gangster?"

„So mehr oder weniger... Vor der Schlägerei hatte ich meine liebe Not, Sie davon abzuhalten, eine Frau zu besuchen. Sie behaupteten starr und fest, mit ihr verabredet zu sein. Aber in Ihrem... fortgeschrittenen Stadium hätten Sie sich mit Sicherheit danebenbenommen."

Ich hatte also Jacqueline Andrieu versetzt. Egal. Besser, als wenn sie mich in besoffenem Zustand gesehen hätte! In solchen Momenten verliere ich nämlich so einiges von meinem Sex-Appeal.

Das Telefon, das in meiner Reichweite stand, klingelte ohrenbetäubend, jedenfalls in meinen Ohren. Ich hob den Hörer ab... und hätte beinahe sofort wieder aufgelegt. Der Anrufer gab sich als Monsieur de Fabrègues aus! Technischer Fortschritt in Ehren, aber noch existiert keine Telefonverbindung zum Jenseits. Schließlich begriff ich, daß es sich um den Bruder des Verstorbenen handelte. Das war mir schon lieber.

Ich hätte mich um Pierres Belange kümmern sollen, nicht wahr? Er selbst heiße Robert. Pellegrini habe ihm meine Adresse gegeben. Ob ich zu ihm kommen könne? Ja, ja, ins... Trauerhaus. Er wolle mir einen Vorschlag unterbreiten...

Ich fühlte mich noch nicht in der Lage, ein längeres Telefongespräch zu führen, und versprach ihm zu kommen. Dann las ich meine Hose vom Bettvorleger auf und hielt meinen Kopf unter den Wasserhahn.

„Wenn Sie nichts Besseres vorhaben, Dédé", schnaufte ich, während ich das Zimmer unter Wasser setzte, „können Sie mich ja begleiten. Hiermit stelle ich Sie wieder als freien Mitarbeiter ein. Sie scheinen mir bei klarerem Verstand zu sein als ich. Sollte ich nicht alles mitkriegen, müssen Sie's mir erklären."

Ich schob Leclercq, der mir ein weiteres Glas Mineralwasser aufdrängen wollte, zur Seite und setzte mir eine Sonnenbrille auf, um mein zugeschwollenes Auge zu verdecken.

„Was der Bruder wohl von Ihnen will?" murmelte Milandre, als wir auf der Straße standen. „Ob er Sie wegen der fünftausend Francs übers Ohr hauen will?"

Am Morgen nach Besäufnissen wird Dédé immer von dumpfem Pessimismus beherrscht. Seine Vermutung hatte wirklich nichts Verführerisches an sich. Aber erst mal mußte ich mich in einem Bistro wiederherstellen. Als ich bezahlen wollte, entdeckte ich in meiner Hosentasche ein zerknittertes Stück Papier mit Informationen über Antonio Paoli, den ich im *Ex-Cargo* gesucht hatte.

Der Korse war Matrose. Nachdem er Pierre de Fabrègues gedroht hatte, ihm den Hals umzudrehen, war er auf große Fahrt gegangen und erst wieder vor kurzem nach Cannes zurückgekehrt. Genauer gesagt, am 20. Juli.

Robert de Fabrègues hielt sich seit gestern abend im Hause seines verstorbenen Bruders auf. Normalerweise wohnte er in Montpellier. Sein übernächtigtes Gesicht mit den roten Augen zeugte davon, daß er im Gästezimmer nicht viel Schlaf gefunden hatte. Eine Bank im Park hätte es auch getan.

Joseph, der freundliche Butler, öffnete die Haustür und führte uns ins Arbeitszimmer. Dort, in dem Zimmer, in dem sich der Graf erschossen hatte, erwartete uns der Bruder. Nach den üblichen Floskeln erklärte mir Robert de Fabrègues, was er von mir wollte.

„Ich weiß nicht", begann er, „wie Sie über den Selbstmord meines Bruders denken, und auch nicht, warum Pierre Sie herbestellt hat. Aber da Sie nun einmal hier sind, möchte ich Sie bitten, Licht in diese traurige Angelegenheit zu bringen, so gut es eben möglich ist. So gut es eben möglich ist", wiederholte er, „und so diskret wie eben möglich. Verstehen Sie mich, Monsieur Burma?"

„Sehr gut", antwortete ich. „Es wird Ihnen jeder bestätigen, daß ich über eine schnelle Auffassungsgabe verfüge. Also, mit anderen Worten: Wenn ich beweisen kann, daß Ihr Herr Bruder nur das bemitleidenswerte Opfer dieser Falschgeldgeschichte war, hängen wir überall Plakate auf, um die Welt davon zu unterrichten. Sollte sich jedoch herausstellen, daß er beim Fälschen fröhlich mitgemischt hat, dämpfen wir unsere Begeisterung – vor allem die Lautstärke – und versuchen, die Sache zu vertuschen."

„Sie haben eine etwas direkte Art, die Dinge beim Namen zu nennen, aber das ist genau das, was ich meinte", gab er zu.

„Na schön!"

Ich ignorierte meinen Haarspitzenkatarrh und machte mich unverzüglich ans Werk. Zunächst zündete ich mir eine

Pfeife an, legte sie aber schnell wieder aus der Hand. Mein Kater war mit solchen Genüssen noch nicht einverstanden. Ich läutete nach Joseph, um ihm ein paar Fragen zu stellen. Allerdings hatte ich nicht die geringste Idee, welche. Robert de Fabrègues hätte wirklich besser daran getan, sich einen anderen Tag für den Beginn unserer Zusammenarbeit auszusuchen. Doch plötzlich schoß mir ein Gedanke durch den Kopf: Eine Liste mit den Namen aller Bekannten des Verstorbenen könnte eventuell von Nutzen sein!

„Milandre, Sie müssen Hélène vertreten“, forderte ich Dédé auf.

Der bewaffnete sich sofort mit Bleistift und Notizblock und schenkte mir ein engelsgleiches Lächeln. Der Kerl nahm mich nicht ernst! Und das, obwohl mein Zustand wirklich ernst war...

Mit Hilfe des Bruders und des liebenswürdigen Butlers, der – warum, wußte ich nicht – weniger liebenswürdig war als am Vortag, stellten wir eine mehr oder weniger vollständige Namenliste zusammen. Unvermittelt fragte ich Joseph:

„Kennen Sie die Verlobte des Grafen?“

„Die... Verlobte?“ fragte er verdutzt zurück.

„Mein Bruder war nicht verlobt“, bemerkte Graf Robert.

„Na ja... Ich meinte: Wissen Sie vielleicht etwas von einer weiblichen Bekannten, für die der Verstorbene ein ganz besonderes Interesse zeigte?“

„Nein, Monsieur“, sagte der Butler. „Monsieur war kein Mann, der sich gebunden hätte, wenn ich mir die Bemerkung erlauben darf.“

„Empfing der Graf außer seinen rein gesellschaftlichen Beziehungen gelegentlich auch noch anderen Damenbesuch?“

„Nein, Monsieur.“

„Wie können Sie dann behaupten, er habe sich nicht gebunden?“

Joseph senkte den Blick und schwieg. Er hatte Angst, bereits zuviel gesagt zu haben, und sah nervös zu dem Bruder seines verstorbenen Chefs hinüber.

„Reden Sie schon“, sagte dieser ungeduldig.

Stockend begann der Butler:

„Wegen der Sammlung seiner... Fotos... Eine... äh... Schwäche von Monsieur. Er bewahrte die Bilder seiner Eroberungen auf... Jedenfalls glaube ich, daß es sich darum handelte. Ich habe sie rein zufällig entdeckt, ich schwöre es... Wenn Sie erlauben...“

Er ging zum Schreibtisch, öffnete eine Schublade und rief überrascht:

„Also, das ist ja... Die Fotos sind nicht mehr da!“

Mich überraschte das nicht übermäßig. Pellegrini hatte nicht Stunden in diesem Zimmer verbracht, um das Riesengemälde von Barbey d'Aurevilly anzustarren oder die exotischen Götter zu bestaunen. Der Kommissar hatte die Fotosammlung zur weiteren Verwendung mitgenommen. Unruhige Zeiten für Jacqueline und alle, denen der Graf seine Gunst geschenkt hatte... als er noch etwas zu verschenken hatte!

Ich fuhr mit meinem Verhör fort. Mich interessierte alles, was Pierre de Fabrègues am Tage und in der Nacht vor seinem tödlichen Entschluß gesagt und getan hatte. Mein Beruf nahm mich wieder voll und ganz in Anspruch. Durchaus möglich, daß mir im Laufe des Gesprächs die eine oder andere intelligente Frage einfallen würde. Wenn mir doch nur das Pfeiferauchen besser bekommen wäre!

„Monsieur war sehr erregt, nachdem Monsieur Pellegrini gegangen war“, berichtete Joseph.

Er sagte „Monsieur“, nicht „Kommissar“! Hörte sich weniger skandalös an.

„Hat er telefoniert? Einen Brief geschrieben?“

„Er hat einmal versucht zu telefonieren, aber die Leitung war offenbar besetzt. Jedenfalls habe ich ihn nicht sprechen gehört.“

„Nur einmal?“

„Ja, Monsieur.“

„Wurde er angerufen?“

„Nein, Monsieur."
„Und hat er einen Brief geschrieben?"
„Es lagen drei Briefe auf seinem Schreibtisch. Einer für Sie, und die beiden anderen für..." Er zögerte, die Dienstbezeichnung eines Polizisten auszusprechen. „Für den Kommissar des Viertels und für Monsieur Pellegrini."
„Natürlich war es Ihre Aufgabe, die Briefe zur Post zu bringen, oder?"
„Ja, Monsieur."
„Und vorgestern, waren da Briefe wegzubringen?"
„Weder vorgestern noch den Abend davor, Monsieur... Jetzt, wo ich daran denke... Es lohnte sich nicht mehr, hundert Briefmarken zu kaufen... Er wird sie nicht mehr brauchen..."
„Hundert Briefmarken?"
„Ja, Monsieur. Am Abend vor seinem... Tod bat mich Monsieur des Fabrègues, Briefmarken zu besorgen, da sein Vorrat aufgebraucht war. Ich habe hundert gekauft, wie gewöhnlich. Wir haben immer dieselbe Menge gekauft."
Ich sprang auf.
„Wo sind die Briefmarken?"
„In der Schublade."
Wir gingen zum Schreibtisch, und Joseph öffnete eine Schublade. Der Hunderterbogen sprang uns ins Auge. Drei Briefmarken fehlten.
„Uns kommt es doch nicht auf ein paar Centimes an, nicht wahr?" sagte ich und sah dem Butler tief in die hervortretenden Augen. „Haben Sie die Briefe an Ihre Tante auch immer mit den Briefmarken Ihres Chefs frankiert?"
„Ich habe keine Tante, Monsieur", erwiderte Joseph korrekt und fügte dann spitz hinzu: „Außerdem habe ich mich niemals an den Briefmarken von Monsieur vergriffen!"
„Nur an den Zigarren, das werden Sie doch zugeben, oder?"
„Weder an den Briefmarken noch an den Zigarren, Monsieur."

„Hatte der Graf Sie kurz vor seinem Tod beauftragt, seinem Notar eine Nachricht zu überbringen?"

„Die Kanzlei von Maître Dianoux befindet sich in Nizza", mischte sich Robert de Fabrègues ein. „Es wäre meinem Bruder nicht in den Sinn gekommen, Joseph dorthin zu schicken. Warum auch?"

Ich klärte ihn über die Sache mit den fünftausend Francs auf. Zur Illustration zauberte ich den Brief hervor.

„Aber..." stammelte er verwirrt, „wie konnte er Maître Dianoux benachrichtigen?"

„Ihr Bruder hat seinen Entschluß nach Pellegrinis Besuch gefaßt. Joseph versichert uns, daß Monsieur das Haus danach nicht mehr verlassen hat. Bleibt also nur der Postweg. Eine der drei fehlenden Marken hat den Weg freigemacht."

„Monsieur hat mir keinen Brief gegeben", beharrte Joseph, bereit, sich für meine Andeutungen zu revanchieren.

„Einen Brief in den Briefkasten zu werfen, ist keine Arbeit, die man nicht selbst erledigen könnte. Monsieur de Fabrègues hat die Briefe in der Nacht geschrieben..."

„Die Briefe?" hakte der Bruder ein.

„Ja, wenigstens drei", präzisierte ich.

„Das wäre möglich", meldete sich Joseph wieder zu Wort. „Monsieur hat das Haus für einen kurzen Augenblick verlassen, war aber sofort wieder zurück. An der nächsten Straßenecke befindet sich ein Briefkasten."

„Wann genau?"

„Ungefähr um zehn Uhr."

„Waren Sie schon zu Bett gegangen?"

„Nein, Monsieur."

„Wußte Ihr Herr das?"

„Er nahm es bestimmt an. Ich pflege nicht vor Mitternacht zu Bett zu gehen."

„Warum hat er Sie dann nicht mit dieser Aufgabe betraut?"

„Das kann ich nicht sagen. Wahrscheinlich wollte er noch etwas frische Luft schnappen."

Plötzlich mußte ich an die Schießerei vom Vortag denken,

an die Wasserpfütze und an das, was mir René Leclercq erzählt hatte.

„In der Selbstmordnacht hat es doch ein Gewitter gegeben, nicht wahr? Hat es geregnet, als der Graf kurz das Haus verließ?"

„Aber... Aber ja!" rief der Butler, so als hätte er soeben das Perpetuum mobile entdeckt. „Daran habe ich gar nicht gedacht! Die Ereignisse bringen mich ganz aus der Fassung, Sie verstehen..."

„Dann fassen Sie sich wieder", bat ich ihn. „Glauben Sie, der Graf ist bei dem Wetter zum Vergnügen spazierengegangen?"

„Jetzt, wo Sie das sagen... Sicherlich nicht."

„Dann werden ihn wohl dringende Gründe dazu veranlaßt haben", schloß ich.

„Ich glaube, Sie messen dem eine zu große Bedeutung bei", ließ sich Robert de Fabrègues vernehmen. „Normalerweise wäre mein Bruder bei einem Gewitter nicht ausgegangen. Aber wenn man entschlossen ist, seinem Leben ein Ende zu setzen... Wenige Stunden vor der endgültigen Tat..."

„Ich habe eine gewisse Erfahrung mit Selbstmördern", bemerkte ich trocken. „Einer meiner besten Freunde hat einmal einen Versuch unternommen. Wie durch ein Wunder hat es nicht geklappt, und hinterher hat er uns seine Erfahrungen geschildert. Wissen Sie, welcher Sache er die größte Bedeutung beimaß? Und zwar nicht ein paar Stunden, sondern fünf Minuten vor der endgültigen Tat, wie Sie und der Philosoph es nennen? Einem winzigen Fettfleck, der im Restaurant aufs Revers seines Jacketts gespritzt war! Denn, und das ist auch sehr interessant, er hatte das Bedürfnis verspürt, gut zu essen, bevor er den großen Sprung wagte. Der Fettfleck machte ihm Kummer, und das einen Augenblick, bevor er sein Jackett mit seinem eigenen Blut versaute! Selbstmordkandidaten sind nämlich sonderbare Leute, müssen Sie wissen..."

„Zugegeben", gab er zu. „Welches waren demnach die dringenden Motive meines Bruders, durch das Gewitter selbst zum Briefkasten zu gehen?"

„Bei dem Empfänger eines der Briefe handelt es sich um eine Person, dessen Adresse er seinem Butler nicht zur Kenntnis bringen wollte."

Schöner kann man es einfach nicht sagen! Dennoch protestierte Joseph gestenreich und verbürgte sich für seine Diskretion. Ich versicherte ihm sogleich, daß ich ihn nicht der Neugier verdächtigte, es aber für ganz natürlich hielte, einen Blick auf einen Brief zu werfen, den man in der Hand habe. Und das sei offensichtlich das gewesen, was der Graf habe verhindern wollen.

„Der zweite Brief", fuhr ich fort, „war sicherlich für seinen Notar."

„Und der dritte?"

„Ich bin kein Hellseher."

In diesem Augenblick klingelte das Telefon. Robert de Fabrègues nahm den Hörer ab. Es war der Notar. Wenn man vom Teufel spricht...

„Geben Sie ihn mir", forderte ich de Fabrègues auf. „Hallo, Maître Dianoux?... Hier Nestor Burma, Privatdetektiv. Ich bin derjenige, dem Sie die fünftausend Francs auszahlen sollen. Doch darüber wollte ich im Moment nicht mit Ihnen reden. Sagen Sie, Maître, wann haben Sie den Brief Ihres Klienten erhalten?"

„Vor knapp einer Stunde", antwortete der Notar.

„Erst heute?" wunderte ich mich.

„Ja. In Nizza streiken die Postangestellten und..."

„Ach! Und der Brief stammt tatsächlich aus der Feder von Monsieur Pierre?"

„Ganz bestimmt. Ich kenne seine Handschrift. Außerdem schrieb nur er mir mit roter Tinte."

„Ja, das gehörte zu seinen Gewohnheiten. Wie die Lektüre von Barbey d'Aurevilly, nicht wahr?"

„Ja, er bewunderte den Schriftsteller."

„Würden Sie mal bitte auf den Poststempel schauen?"

„Gerne... 24. Juli."

„Mich interessiert vor allem die Uhrzeit."

„Die Uhrzeit... 23 Uhr 15. Ein wenig undeutlich, aber ich glaube, ja, es ist 23.15."

„Wunderbar. Dann lag er also zur Leerung um 22 Uhr 30 im Briefkasten, nicht wahr?"

„Das kommt hin, aber..."

„Ich gebe Ihnen Monsieur Robert."

Der Bruder des Verstorbenen nahm wieder den Hörer und unterrichtete den Notar über das Drama, so gut er konnte. Dann legte er auf und hob sofort wieder ab, um in der Telefonzentrale seine eigene Nummer in Montpellier zu verlangen.

„Höchst ungewöhnlich, wenn mein Bruder nicht auch mir eine Nachricht hätte zukommen lassen", sagte er. „Ich möchte mich noch einmal vergewissern."

Ich entließ Joseph, von dem ich das Nötigste erfahren hatte, und machte mich daran, das Arbeitszimmer zu untersuchen. Die modernen Bilder und die afrikanischen Figuren bildeten einen bizarren Rahmen für den Fürsten der Dichtung. Die Werke des Schriftstellers hatten einen bevorzugten Platz in einem Regal. Fabrègues war Eklektiker gewesen.

Ich durchsuchte die Schubladen. Abgesehen davon, daß Pellegrini und seine Leute schon vor mir hiergewesen waren, hatte der Graf anscheinend alles vernichtet, was ihn kompromittieren konnte. Wortlos betrachtete ich den Kamin, aus dem die Asche entfernt worden war.

Dann nahm ich mir die Schreibunterlage vor. Mit Hilfe eines Taschenspiegels versuchte ich, etwas auf dem Löschblatt zu entziffern. Es gab nichts zu entziffern. Das Löschblatt war jungfräulich rein.

Robert de Fabrègues bekam die Verbindung mit seiner Wohnung in Montpellier. Nun war auch der Verbleib der zweiten Briefmarke klar. Pierre hatte mit ihr den Brief an seinen Bruder frankiert. Er war mit roter Tinte geschrieben. Der Poststempel datierte vom 24. Juli, 23 Uhr 15.

Es war an der Zeit, vor einem stärkenden Getränk über die

ganze Angelegenheit nachzudenken. Ich verabschiedete mich von meinem neuen Klienten, indem ich ihm versicherte, das Unmögliche zu versuchen, um das Andenken seines Bruders reinzuwaschen. Von den Folgen der Sauferei spürte ich nichts mehr. Ich konnte sogar wieder Pfeife rauchen, ohne daß mir schwindlig wurde. Nur ein stechender Schmerz im Ohr erinnerte mich hin und wieder an meinen Boxkampf.

Wir verließen das Haus, gerade rechtzeitig, um Joseph in einem kleinen Bistro verschwinden zu sehen.

„Da geht unser Butler und kippt sich einen hinter die Binde", bemerkte ich. „Gehen wir hin und tun wir desgleichen."

„Vorsicht, Burma", ermahnte mich Milandre fürsorglich. „Fangen Sie nicht wieder so an wie gestern!"

„Keine Gefahr", beruhigte ich ihn und kratzte mein schmerzendes Ohr.

Wir betraten das kleine Bistro, in dem sich Joseph gerade an der Theke einen *Pastis* servieren ließ. Neben seinem Glas stand ein Tintenfaß.

„Sieh an", sagte ich zu ihm, nachdem wir zwei Pantherwasser bestellt hatten, „wird das ein Brief an die Tante?"

„Ich habe keine Tante, wie gesagt, dafür aber andere Verwandte", erwiderte der Butler trocken. „Denen muß ich doch zumindest schreiben, was mir zugestoßen ist."

„Ihnen?"

„Na ja... Was Monsieur zugestoßen ist, genauer gesagt. Das bleibt sich gleich... Ein so stilles Haus... Eine hochanständige Familie... Zwanzig Jahre bin ich nun schon dort... Hab ihn von klein auf gekannt... Und jetzt diese Tragödie! Ach, wir sind nur ein Staubkorn..."

„Zum Wohl", murmelte ich.

Nachdem wir ausgetrunken hatten, bestellte ich die zweite Runde. Das erste Glas macht mich immer durstig. Joseph, der offensichtlich keinen Alkohol vertrug, wurde zusehends rührseliger.

„Als ganz kleinen Knirps habe ich ihn schon gekannt", fuhr

er in seinem Nachruf fort. „Wer hätte das gedacht? Selbstmord! Ja, es passieren die seltsamsten Dinge auf dieser Welt... Wie mit der Köchin..."

„Mit welcher Köchin?"

„Ja, die Köchin... Amélie... Eine Trinkerin und Diebin. Stiehlt, um zu trinken, und trinkt alles, was sie kriegen kann... Wie die Amerikaner... Hab gehört, die trinken sogar Kölnisch Wasser..."

„Stimmt."

„Amélie genauso. Einmal hat sie sich auf eine Flasche *Byrrh* gestürzt, die irgendein Zeug für Blumen enthielt. Seitdem ist ihr Magen verkorkst, aber eine Lehre war es ihr nicht... Sie schluckt alles mögliche. Das Tintenfaß hier zum Beispiel, sehen Sie? Wenn man ihr das vorsetzt, schluckt sie das auch."

„Einschließlich Faß?"

„Ich merke, Sie nehmen mich nicht ernst. Dabei... Vor vier Tagen habe ich mir Tinte gekauft..."

„Um an Ihre Tante zu schreiben?"

„Nein, Monsieur, an meine Schwester. Und ich möchte Sie noch einmal darauf hinweisen, daß ich die Briefmarken von Monsieur nie angerührt habe! Weder die Marken noch die Tinte noch sein Briefpapier... Als ich eben meiner Schwester von dem Unglück berichten wollte, war die Tinte weg! Ein unangebrochenes Fäßchen! Sie muß es mir geklaut haben. Diese Person ist zu allem fähig..."

„Sie stammen nicht aus dem Süden, stimmt's?"

„Doch, Monsieur", antwortete er beleidigt, „aus Pézenas."

Er warf einen Blick auf die Wanduhr, trank sein Glas aus (*er* trank nämlich nicht!), steckte das Tintenfaß ein und verabschiedete sich steif, den Oberkörper leicht vorgebeugt. Als wäre Dédé oder ich die Pompadour!

„Der sollte lieber Wasser trinken", lachte der Wirt. „Komischer Kauz!"

Ich folgte dem komischen Kauz mit den Augen. Sollte es mir in den Sinn kommen, den mysteriösen Brief der stürmischen Nacht zu suchen, zu finden und zu identifizieren, dann brauchte ich mich nicht auf rote Tinte zu konzentrieren.

Pierre de Fabrègues hatte seine Vorsichtsmaßnahmen getroffen.

4
Das Attentat

Noch vor dem Mittagessen rief ich Jacqueline Andrieu an. Ich entschuldigte mich, weil ich sie versetzt hatte, und kündigte ihr den kurz bevorstehenden Besuch von Kommissar Pellegrini an. Sie wurde ganz aufgeregt. Ich empfahl ihr, sich einfach an das zu halten, was wir verabredet hatten. Kein Grund zur Panik. Dynamit-Burma würde ihr schon beistehen!

Danach ging ich zum Fernsprechamt und erkundigte mich nach den Telefonaten, die Fabrègues in den letzten Tagen geführt hatte. Der Amtsvorsteher zeigte sich von seiner liebenswürdigsten Seite, verwehrte mir jedoch nichtsdestoweniger seine Hilfe. Die Visitenkarte eines Privatdetektivs schien ihm nicht auszureichen, um die Geheimnisse des Fernmeldewesens zu enthüllen.

Nach einer leichten Mahlzeit lud mich Milandre, der nicht von meiner Seite gewichen war, zu einem Weinbrand in sein Haus ein. Halb Künstler, halb Gauner, dazu ein ganzes Pumpgenie – wenn man ihm 100 Francs lieh, sah man den Schein nie wieder: Mit Dédéverstand ich mich ausgezeichnet. Erstaunlich, daß er mich in den zwei Tagen, die ich jetzt in Cannes weilte, noch nicht zu sich nach Hause eingeladen hatte. Als ich sein Heim betrat, begriff ich, warum.

Die meisten Zimmer waren leer, und die Möbel in den anderen waren recht jämmerlich. Trotz Villa und Auto schwamm Dédé nicht in Geld. Seine Erbschaft mußte ihm wohl nur so durch die Finger geronnen sein.

Er schob zwei Sessel für uns zurecht, von denen einer an mehreren Stellen zerschlissen war. Dann stellte er zwei Senfgläser und eine Flasche mit drei Sternen auf den Tisch. Ich stopfte mir eine Pfeife. Der Verdauungsprozeß konnte beginnen.

„Nun", sagte Dédé nach dem ersten Schluck, „wie weit sind Sie?"

„Nicht viel weiter als gestern", gestand ich.

„Sie werden doch eine Idee haben, oder? Die Namenliste, zum Beispiel..."

Er nahm seine Brille ab, hauchte die Gläser an und putzte sie mit einem Taschentuch.

„Damit wollte ich mich nur wichtig tun", antwortete ich. „Ich konnte doch Fabrègues nicht sagen, daß ich völlig im dunkeln tappte."

„Verstehe. Dann können wir sie also wegschmeißen, ja?"

„Nein, das nun auch wieder nicht. Vielleicht brauchen wir die Namen noch."

„Wie immer, Burma! Sie verraten einem noch lange nicht alles, was Sie wissen. Glauben Sie, die Geldfälscher stehen auf der Liste?"

„Ja."

Er setzte seine Brille wieder auf und lachte.

„In ihrem Munde verändern die Wörter ihre Bedeutung", sagte er. „Nein heißt ja, und beides heißt vielleicht! Ich will Ihnen mal was sagen: Diese Liste hier..." Er nahm das Papier aus seiner Brieftasche. „Diese Liste stellt die *crème de la crème* dar. Alles Vertreter der oberen Zehntausend, ständige Gäste auf Rennplätzen, in Kasinos und bei den Galaabenden des *Palm-Beach*. So gut wie über jeden Verdacht erhaben."

„Geben Sie trotzdem mal her", sagte ich und streckte die Hand aus. „Wir werden ja sehen."

„Gestatten Sie, daß ich die Namen abschreibe? Vielleicht kommt mir bei einem von ihnen in den nächsten Tagen eine Idee."

Dédés Füllfederhalter kratzte über das Papier. Ich goß uns einen zweiten Weinbrand ein. Endlich konnte ich eine der beiden Namenlisten einstecken.

Wir redeten noch eine Weile, tranken zwei, drei weitere

Gläschen und begaben uns dann zur Fortsetzung in ein nahegelegenes Bistro. Vom Apparat an der Theke aus rief ich Jacqueline an. Sie war zu Hause und hatte nichts gegen einen Besuch von mir einzuwenden. Da ich Milandre nicht überallhin mitschleppen konnte – schließlich hatte er noch was anderes zu tun –, ging ich alleine in das Appartment der Varieté-Tänzerin.

„Ich muß Ihnen gestehen, daß ich nicht ganz aufrichtig war", begann ich, kaum daß ich saß.

Dieses Geständnis sollte den Eindruck erwecken, daß ich in Zukunft das Versteckspiel seinlassen würde. Ich setzte das Mädchen über die nötigsten Fakten ins Bild, ohne sie allerdings in meine noch vage Theorie einzuweihen. Sie schien zunächst entsetzt, beruhigte sich dann aber schnell wieder. Offenbar hatte sie bis jetzt als Selbstmordmotiv verschmähte Liebe angenommen, ganz so, wie diese hinterlistige Mado es ihr eingeflüstert hatte. Sie war glücklich, diesen Gedanken fallenlassen zu können.

„War Kommissar Pellegrini hier?" fragte ich.

„Nein." Sie lächelte verschmitzt-vorwurfsvoll. „Haben Sie ihm meine Adresse gegeben?"

„Wofür halten Sie mich?" entgegnete ich. „Hab ich Sie gestern etwa deswegen davon abgehalten, in Pierres Haus zu gehen? Nein, Pellegrini hat Ihr Foto in Pierres Schreibtisch entdeckt. Ich nahm an, er würde wie der Blitz hier auftauchen. Hab ihn wohl überschätzt. Anscheinend ist er schwerfälliger, als er aussieht."

Beim Reden untersuchte ich unauffällig den Inhalt eines kleinen Papierkorbs, fand aber nicht das, was ich suchte. Als ich schon gehen wollte, klingelte das Telefon. Jacqueline hob ab, und ich wartete, neugierig wie... na ja, wie ein Detektiv eben. Ich tat gut daran. Der Anruf war für mich.

Am anderen Ende der Leitung war Milandre. Er fragte mich, ob ich mit dem Namen Jean Lebrot etwas anfangen könne. Ich bat ihn, nicht in Rätseln zu sprechen. Davon hätte ich schon genug zu lösen.

„Er steht auch auf der Liste", erklärte Dédé. „Vielleicht interessiert es Sie, daß er im Moment einige seiner Werke in einer Galerie in der Rue d'Antibes ausstellt..."

„Nein."

„... Es handelt sich um Radierungen. Sind Sie sich im Klaren darüber, was das bedeutet?"

Und wie klar mir das war! Im Nu stand ich auf der Straße und machte mich auf den Weg zu diesem Jean Lebrot.

Unterwegs traf ich Joseph. Der morgendliche Aperitif machte sich bei ihm noch immer bemerkbar. Er erkannte mich, starrte mich an... und grüßte nicht! Entweder mochte er Detektive ganz allgemein nicht, oder aber er verübelte mir meine Anspielungen von heute morgen. Er, der anfangs einen so höflichen Eindruck auf mich gemacht hatte! „Guten Tag, Monsieur... Auf Wiedersehen, Monsieur"... Na ja, jeder kann sich mal irren. Nachdenklich setzte ich meinen Weg fort.

Der Radierer war verreist. Seine geschwätzige Haushälterin erzählte mir, der Präfekt von Nizza habe ihn eingeladen. Die Frau war stolz wie Oskar.

Ich machte mich auf zu der Galerie, die die Werke des Künstlers ausstellte. Aus dem Katalog erfuhr ich, warum man ihn in die Hauptstadt des Departements gebeten hatte. Er war offiziell mit der Illustration des Goldenen Buches über die Côte d'Azur beauftragt worden. Tja, Jean Lebrot war die Ehrenhaftigkeit in Person, aber... Er war eben Radierer, und ein talentierter dazu. So einen Mann braucht man, wenn man falsche Banknoten herstellen will.

Als nächstes wollte ich mir noch einmal den Butler des Selbstmörders vornehmen. Auf dem Weg zur Fabrègues'schen Villa kam ich am *Roten Vogel* vorbei. Eine aufgeregte Menge hatte sich dort versammelt. Zwei junge Männer mit Schlapphut, über deren Beruf nicht der geringste Zweifel bestehen konnte, brachten eine Art Skelett zu ihrem dunklen Renault. Ihr Opfer war leichenblaß, hatte einen rasierten Schädel und wehrte sich wie der Teufel.

Frédéric Pottier mußte wohl wieder irgendeine Dummheit gemacht haben.

Bei Fabrègues öffnete mir Amélie die Tür, die „Tintensäuferin". Hübscher Titel für einen Abenteuerroman!

„Ich habe nur eine kleine Frage an Joseph", sagte ich. „Sie brauchen mich nicht anzumelden."

„Joseph ist nicht da", gab die Köchin zur Auskunft.

Ich würde wiederkommen.

Da ich nicht auf eine Telefonverbindung nach Paris warten wollte, schickte ich ein Telegramm. Dann ging ich ein wenig spazieren. Der Sonnenschein brachte mich auf den Gedanken, Pellegrini über meinen jüngsten Auftrag zu informieren.

Als ich das Polizeigebäude betreten wollte, kam mir Pottier entgegen, frei aber wütend. Er erblickte mich und stieß einen Fluch aus, den ich lieber nicht wiedergeben möchte. Er stürzte sich auf mich, und nur mit Mühe konnte ich seiner Faust ausweichen.

„Verdammter Idiot!" schrie ich ihn an. „Was sind das denn für Sitten?"

Ein Flic nahm ihn in den Polizeigriff. Er wehrte sich und überhäufte mich dabei mit Beleidigungen. So langsam begriff ich, daß er mir die Schuld an seiner Festnahme in die Schuhe schieben wollte. Unter den amüsierten Blicken der Polizisten bewarf ich ihn nun meinerseits mit Dreck.

„Sie sollten besser ausschlafen", empfahl ich ihm, als mir das Repertoire ausgegangen war. „Im Knast sind Sie wohl völlig verblödet, was? Bei Gelegenheit besuche ich Sie im *Roten Vogel*. Da können wir uns besser unterhalten als hier vor diesen Herren."

Schimpfend verließ er den Schauplatz. Pellegrini, vom Lärm angelockt, fragte mich, wo ich mir das Gesicht verbeult hätte. Ich antwortete, ich hätte mich mit meinem Rasierer geprügelt und mir zu guter Letzt den Stil aufs Auge gedrückt.

„Sie sollten weniger trinken", riet er mir. „Aber davon abgesehen... Was verschafft mir die Ehre Ihres Besuchs? Wollen Sie sich verabschieden?"

„Ganz im Gegenteil! Wir werden in Zukunft mehr oder weniger gemeinsame Sache machen. Monsieur de Fabrègues... Robert de Fabrègues", präzisierte ich, als ich Pellegrinis ungläubiges Gesicht sah, „hat mich nämlich gebeten, die Motive seines Bruders für den tödlichen Entschluß genauer unter die Lupe zu nehmen."

„Glückwunsch!" lachte der Korse. „Machen Sie ihm einen Sonderpreis? Schließlich gehört er ja derselben Familie an..."

Er reichte mir eine lange, italienische Zigarre, die die Form eines Korkenziehers hatte. Mit der Erklärung, ich sei ausschließlich begeisterter Pfeifenraucher, lehnte ich ab. Daraufhin steckte sich der Kommissar das Ding zwischen die Schneidezähne. Inzwischen hatte er mich in ein kühles Zimmer mit schnurrendem Ventilator geleitet.

„Kennen Sie den Kerl, der Sie so freundlich begrüßt hat?" fragte er, nachdem er mir einen Stuhl angeboten hatte.

„Ja. Ich war dabei, als er festgenommen wurde. Was wollen Sie von ihm? Sieht ganz so aus, als glaubte er, ich hätte ihn verpfiffen..."

„Hörte sich ganz so an, ja. Tatsache ist, daß wir einen anonymen Anruf bekommen haben. Ich hätte dem ja keine Bedeutung beigemessen, aber diese jungen Kollegen...! Der Anrufer behauptete, der Mann gehöre zur Bande um Chichi-Frégi. Da sind sie in dieses Café gefahren und haben ihn festgenommen. Chichi-Frégi macht uns alle ganz verrückt..."

Ich blies eine Wolke aus Pfeifenrauch an die Decke. Chichi-Frégis Bande interessierte mich nur mäßig. Doch meine Pfeife zog gut, der Stuhl war bequem und der Ventilator funktionierte ausgezeichnet. Also ließ ich den Korsen erzählen. Hatte den Eindruck, er ließ sich nur deshalb so ausführlich über die zweifelhafte Lokalgröße aus, um nicht mit mir über falsche Banknoten reden zu müssen. Aber irgendwann würde der Punkt kommen, da dieses Thema erschöpft war. Dann könnten wir uns interessanteren Dingen widmen.

„Und Sie haben nichts gegen Frédéric Pottier in der Hand?" fragte ich.

„Nichts. Sicher, er kommt gerade aus dem Gefängnis und ist tätowiert, aber das ist beides kein Verbrechen. Hält sich ganz legal hier in Cannes auf. Ich möchte wissen, wer uns auf ihn angesetzt hat…"

Dann ließ er sich wieder ausführlichst über Chichi-Frégi aus. Ein Wort ergab das andere, und schließlich landeten wir doch bei Pierre de Fabrègues. Pellegrinis Redefluß kam abrupt ins Stocken. Falls er etwas Neues erfahren hatte, lag es nicht in seiner Absicht, mich daran teilhaben zu lassen. Behutsam bohrte ich weiter, um rauszukriegen, was er wohl über die Geliebten des Grafen dachte. Leider machte er nicht die leiseste Andeutung über die Fotosammlung, die er sich unter den Nagel gerissen hatte.

Als ich mich verabschiedete, kaute er auf seiner inzwischen erloschenen Zigarre, die kohlschwarzen Augen auf mich gerichtet. Ob ich denn nun endlich erklären wolle, was ich mit dem verdammten blauen Blut des Grafen gemeint habe? Das ging ihm offenbar nicht aus dem Sinn. Ich lachte laut auf, dann sagte ich:

„Darf ich Ihnen mal eine dumme Frage stellen?"

„Nur zu!"

„Sind alle Beamten, die mit der Überwachung von Fabrègues betraut waren, korsische Landsleute von Ihnen?"

„Die meisten… Aber Sie haben meine Frage immer noch nicht beantwortet."

Er zog seine schmierige Streichholzschachtel hervor. Ich nutzte den günstigen Augenblick, um zu verschwinden, ohne ihm auch diesmal geantwortet zu haben.

Im Café *Zum Roten Vogel* entdeckte ich in einer finsteren Ecke Frédéric Pottier. Schweigsam saß er vor einem kleinen Bier, das er kaum angerührt hatte. Ich ging zu ihm. Trotz seines Protestes setzte ich mich an seinen Tisch und empfahl ihm, vernünftig zu sein.

„Sie sind von einem anonymen Anrufer denunziert worden", erklärte ich. „Er hat sie als Mitglied der Chichi-Frégi-Bande bezeichnet. Tun Sie mir bitte den Gefallen und lassen

Sie mich aus dem Spiel. Aber irgend jemand – wer, weiß ich nicht – möchte mir die Sache in die Schuhe schieben. Wer hat Ihnen eingeredet, ich hätte Sie angezeigt?“

Pottier sah mich erstaunt an.

„Niemand!“ rief er. „Hab Sie nur gestern mit dem Korsen auf der Terrasse sitzen sehen. Da hat's bei mir geklingelt. Und dann hat er noch zu Ihnen gesagt: ‚Vielen Dank für die Information!‘ Hab gedacht, das wäre auf mich gemünzt gewesen, Sie hätten mich einfach so verpfiffen, aus Spaß an der Freude, oder weil Sie sich bei den Flics hier anbiedern wollten... Dabei gibt's gar nichts zu verpfeifen! Sie sehen ja, man mußte mich sofort wieder auf freien Fuß setzen... Trotzdem ziemlich unangenehm... verdammt unangenehm!“

„Was Sie sich da zusammengereimt haben, vergessen Sie am besten sofort wieder, Frédo. Ich habe nichts damit zu tun. Aber mir ist's, ehrlich gesagt, sympathischer, daß Ihre Phantasie mit Ihnen durchgegangen ist, als wenn's Ihnen jemand gesteckt hätte. Also, überlegen wir mal: Wer könnte der Anrufer sein? Einer Ihrer Feinde? Was treiben Sie eigentlich, wenn Sie nicht im Knast sitzen?“

„Schlag mich so durch“, knurrte er ausweichend.

„Und je weiter weg die Flics sind, desto besser, hm?“

„Kann man so sagen, ja... Solange nicht bei denen angerufen wird! Man soll das Schicksal nicht herausfordern, Burma!“

„Ich sag's Ihnen noch mal: Ich war's nicht, der dem Schicksal aufs Gaspedal getreten hat.“

Nach einer Weile glaubte er mir endlich, und wir wurden wieder Freunde. Er erzählte mir ein paar Anekdoten aus dem Gefängnis in Nîmes – „hinter den Kulissen“ –, berichtete, er sei vor drei Monaten vorzeitig entlassen worden, wegen guter Führung und so, habe jedoch um ein Haar die Löffel abgegeben.

„Bin nicht sehr kräftig, Burma, meine Schädeldecke liegt direkt unter der Mütze, wie Sie sehen... In Nîmes bin ich in eine Scheißsache verwickelt worden. Wenn nicht 'n Freund alles auf sich genommen hätte, wär ich geliefert gewesen. Hat sechzig Tage für mich in Einzelhaft gesessen, 'n richtiger Kumpel! Nein, wirklich, ich wär dabei draufgegangen. Der hat mir das Leben gerettet. Und dabei immer reserviert und so... gebildet. Egal, verdammt nochmal, das werd ich ihm nie vergessen! ‚Junge', hab ich zu ihm gesagt, ‚wenn du was brauchst, wenn du rauskommst, sag mir Bescheid! Ich geh nach Cannes, kann in 'ner Bude von einem Freund wohnen.' Er muß vor ungefähr vierzehn Tagen rausgekommen sein." Frédo starrte bekümmert vor sich hin. „Hat zwei oder drei Jahre abgesessen, wofür, weiß ich nicht. Werd ihn wohl nicht wiedersehn... Wir gehören verschiedenen Welten an, verstehen Sie, Burma? Verdammt, im Knast fallen die Schranken. Derselbe Becher Wasser, dieselbe Anschnauzerei von den Wärtern... Aber draußen sieht dann wieder alles anders aus! Tja, die Solidarität in der Zelle..."

Er hätte noch lange so rumgeschwafelt, wenn ich seinem Gequatsche kein Ende gesetzt hätte. Ich stand auf und riet ihm, ein Buch über soziale Schranken zu schreiben. Mir wurde klar, daß ich hier meine Zeit vertrödelte. Bei diesem Tempo würde ich ein halbes Jahr brauchen, um das Rätsel des gräflichen Selbstmords zu lösen.

„Sollte ich Sie mal brauchen, Frédo, finde ich Sie hier im Café, ja?" fragte ich.

„Der Kontakt mit den Flics hat mir gereicht", murmelte er. „Werd mich erst mal 'ne Weile nicht blicken lassen. In meiner Behausung liegt 'n ganzer Stapel alter Zeitungen, die werd ich lesen..."

„Prima Idee", stimmte ich ihm zu. „Lesen bildet."

Er gab mir seine Adresse, und ich verließ das Café.

Ich hielt Ausschau nach einem Stadtplan. Schließlich entdeckte ich einen in einem Schaukasten. Er war von der Sonne ganz ausgebleicht, aber noch lesbar. Ich wollte einen Mann besuchen, der ganz oben auf der Liste mit den Bekannten des Grafen stand: Charles Maurin, Gartenbauunternehmer. Sein

Name prangte an jeder Straßenecke auf riesigen Werbeplakaten.

Aber der Charles Maurin, mit dem ich sprechen wollte, war nicht der Unternehmer persönlich, sondern sein Sohn. Er bewohnte ein luxuriöses Appartement, deren Wände mit Bildern vollgehängt waren. Alles Werke des Hausherrn. Sie machten eine Überquerung des Ärmelkanals überflüssig. Die entsprechende Seekrankheit konnte man sich auch hier beim Anblick der Gemälde holen.

Charles Maurin jun. war ein leichtsinniger junger Mann, der das Glück gehabt hatte, daß sein Vater vor ihm geboren war. Trotz seines gepflegten Äußeren stank er, als hätte er sich seit Wochen nicht mehr gewaschen... vor lauter Faulheit! Dabei hatte er intelligente Augen und war gar nicht so unsympathisch. Doch Leuten dieses Schlages ziehe ich alle Frédos der Welt vor.

Unser Gespräch war eher enttäuschend. Fabrègues war für ihn weniger ein Freund denn eine Café-Bekanntschaft. Sicher, er sei hin und wieder bei ihm zu Gast gewesen, doch von einer engen Freundschaft könne keine Rede sein. Tja, und der Selbstmord... Nichts habe darauf schließen lassen, daß Pierre an so etwas gedacht habe...

Ich wollte mich schon verabschieden, als an der Wohnungstür geläutet wurde. Charles Maurin öffnete einer jungen Frau, deren Erscheinung mich umhaute.

Sollte ein Künstler jemals auf die Idee kommen, den personifizierten Sex-Appeal darzustellen, empfehle ich ihm Raymonde Saint-Cernin als Modell!

Mittelgroß, wohlproportioniert und geschmackvoll gekleidet, ausdrucksvolle Augen mit einem sonderbaren Glanz, gleichzeitig hell und samten; eine feine Nase, sinnliche Lippen und blauschwarze Haare. Das leichte Sommerkleid in den lebendigen Farben ließ einen sensationellen Körper erahnen, was durch die noch viel sensationelleren Beine unterstrichen wurde. Nur eine Kleinigkeit störte mich: Der blutrote Lack ihrer Fingernägel blätterte ab.

Die junge Frau war sehr lebhaft und redselig. Als sie dem jungen Mann die Hand gab, fragte ich mich, wie man in eine so alltägliche Geste soviel Herausforderung legen konnte. Bewundernswert! Ohne Zögern reihte ich sie in die Kategorie der Frauen ein, die einen Mann wie mich sofort überzeugen.

„Ich darf Ihnen Monsieur Burma vorstellen, Raymonde", sagte Maurin zu ihr. „Er stammt aus Ihrer Heimat. Paris! Hat nicht diesen verflixten Akzent, den ich mir leider nicht abgewöhnen kann", seufzte er.

„Aber, Charles", hauchte sie, „Ihr Akzent steht Ihnen vorzüglich!" Und zu mir gewandt: „Sehr erfreut, Ihre Bekanntschaft zu machen, Monsieur Burma."

„Das Vergnügen ist ganz auf meiner Seite", erwiderte ich, indem ich mich leicht verbeugte. Und das war wirklich nicht gelogen! Um so weniger, da ihre zarte Hand in meiner lag. „... ganz auf meiner Seite", widerholte ich, „Madame ...?"

„Ach ja!" rief Charles und schlug sich mit der flachen Hand gegen die Stirn. „Das habe ich ganz vergessen: Raymonde Saint-Cernin."

„Ihren Namen habe ich schon irgendwo gehört", sagte ich etwas zu laut.

„Kein Wunder! Wer hat noch nicht von der bekannten Schriftstellerin gehört?" fragte der junge Mann rhetorisch.

Mir wurde ein wenig unbehaglich, da ich keines ihrer Bücher gelesen hatte. Glücklicherweise brachte sie das Gespräch gleich auf Paris. Wie ging's denn dem Eiffelturm, den Boulevards, Saint-Germain-des-Prés? Und Montparnasse? Vor zwei Jahren nun habe sie die Avenue Vavin verlassen, um sich hier an der Côte zu vergraben.

Mit der Geschwindigkeit eines Maschinengewehrs sprudelten die Sätze aus ihrem schönen Mund. In wenigen Sekunden erfuhr ich, daß sie in *La Pergola* wohnte, einer Villa an der Route de Juan, zusammen mit einer Haushälterin, einem kleinen Esel und einer Ziege. Sie (Raymonde!) stellte Fragen und gab gleich selbst die entsprechenden Antworten, sprang ohne Übergang von einem Thema zum andern.

Was für ein Prachtweib! Ein heißes Eisen! Heiß und verführerisch, diese junge Frau!

„Madame", sagte ich, „wenn es Ihnen recht ist, werde ich Ihnen, bevor ich nach Paris zurückkehre, meine Aufwartung machen... Natürlich nur, wenn es Ihnen nicht ungelegen kommt."

„Aber ganz und gar nicht!" flötete sie.

Sie dachte schon an etwas anderes. Charles Maurin geleitete mich zur Tür.

„Ich bitte Sie, die Dame nicht über meine wenig erfreuliche Tätigkeit aufzuklären", flüsterte ich ihm zu. „Und noch etwas anderes: Mir gelingt es einfach nicht, gewisse altmodische Eigenarten abzulegen. Da geht's mir so wie Ihnen mit Ihrem Akzent! Gestatten Sie mir deshalb eine Frage: Ist sie Ihre Geliebte?"

„Davon kann leider nicht die Rede sein", antwortete der junge Mann bedauernd.

„Dann darf ich also getrost loslegen?"

Er sah mich etwas überrascht an, lachte dann amüsiert auf. Meine Offenheit gefiel ihm.

„Und Sie erzählen mir was von altmodischen Eigenarten?!" sagte er, immer noch lachend.

Nach dem Abendessen ging ich ins *Eldorado*. In der Pause suchte ich Jacqueline in ihrer Garderobe auf.

„Na? Hat der große böse Wolf das Rotkäppchen schon verschlungen?" fragte ich sie. „Weniger märchenhaft ausgedrückt: Hat Pellegrini Sie inzwischen besucht?"

„Nein, noch nicht", antwortete das Tanzgirl. „Ist Ihnen soviel daran gelegen, daß er mich besucht und mir Angst macht?"

„Ganz und gar nicht! Aber Sie wissen doch, ich bin von Beruf aus neugierig."

Das rote Lämpchen über dem halb blinden Spiegel blinkte auf. Die Show ging weiter. Ich verließ die Künstlergarderobe. Auf dem Korridor traf ich nicht nur zwei halbnackte Kolleginnen von Jacqueline, sondern auch eine – korrekt gekleidete – alte Garderobenfrau. Ihre Nase war schwarz von Schnupftabak, und ihre flinken Äuglein verrieten, daß sie über alles Bescheid wußte. Ich schob ihr einen Schein in die runzlige Hand und sagte:

„Das reicht einen ganzen Monat mit einunddreißig Tagen lang für Schnupftabak. Ich möchte Ihnen ein paar Fragen stellen, gehen wir an einen verschwiegeneren Ort."

Ganz begeistert von meiner Großzügigkeit, öffnete sie eine Tür.

„Hier rein", flüsterte sie verschwörerisch.

Wir betraten einen kleinen Raum, der aufdringlich nach Parfüm und billigem Puder stank. Eine Lampe schickte ihr schummriges Licht bis zu dem nicht mehr vorhandenen Spiegel.

„Hat die Polizei Sie schon verhört?" begann ich mein Frage- und Antwortspiel.

„Die Polizei?" rief sie erschrocken. „Heilige Madonna! Warum sollte mich die Polizei verhören?"

„Die finden immer einen Grund... Also, in den letzten Tagen haben sich hier keine Flics rumgetrieben?"

„Nein, ich sehe immer nur dieselben Gesichter: streunende Kater und die festen Freunde der Mädchen. Alles Leute, die weniger spendabel sind als Sie... Wissen Sie was? Sie erinnern mich an Monsieur Pierre."

„Pierre de Fabrègues?"

„Wir nannten ihn alle nur Monsieur Pierre."

„Hatte er 'ne offene Hand, wenn ich das mal so sagen darf?"

„Ziemlich offen, ja. Sie verstehen, er war ein Aristokrat... Ein Mann mit Lebensart... Arme kleine Jacqueline... Wird wohl niemanden finden, der ihn ersetzen kann... Oh, entschuldigen Sie, Monsieur... Ich glaube, ich habe Sie eben aus ihrer Garderobe kommen sehen..."

Sie fürchtete, was Falsches gesagt zu haben, und wurde rot. Ich beruhigte sie lachend.

„Nein, nein, ich habe nicht die Absicht, Monsieur Pierres Erbe anzutreten. Jacqueline ist so was wie 'ne Sandkastenliebe für mich. Außerdem hat sie im Moment keinen Sinn für... Na ja, Sie verstehen schon..."

„Oh ja, die Ärmste ist völlig durcheinander. Sie ist so sensibel, so... sanft und liebenswürdig, die Kleine. War 'ne Freude, die beiden zusammen zu sehen! Richtige Turteltauben..."

„Wirklich? Was Sie nicht sagen! Hab gehört, in letzter Zeit hat's zwischen den beiden nicht mehr gestimmt..."

„Wer hat das gesagt?" ereiferte sich die Alte, in ihrer Ehre als Klatschweib gekränkt. „Möchte wissen, wer hier besser Bescheid weiß als ich! Wenn ich sage, die waren wie zwei Turteltauben, dann waren sie wie zwei Turteltauben! Kein lautes Wort, und so aufmerksam zueinander..."

„Ach, das wird wohl nur so'n Gerücht gewesen sein."

„Ganz bestimmt", versicherte sie mir nachdrücklich. „Darauf gibt Ihnen Emma ihr Wort. Daß es zwischen den beiden nicht mehr gestimmt hat... Wer erzählt so'n Quatsch? Ich sage Ihnen, die hätten bestimmt geheiratet, wenn Monsieur Pierre nicht..."

„Tja, aber nun ist er tot... Apropos, was halten Sie von dem Selbstmord?"

„Er muß krank gewesen sein. Oder seine Familie hat ihm verboten, eine kleine Tänzerin zu heiraten, und den Schmerz konnte er nicht verwinden. Er war so reizend..."

Ich ging wieder an meinen Platz zurück. Auf dem Weg dahin trat ich auf einige Füße, was wütende Blicke und Gezische zur Folge hatte. Tapfer ließ ich die restlichen Shownummern über mich ergehen, bis mich ein lärmendes, völlig unmotiviertes Finale erlöste. Dann begleitete ich Jacqueline nach Hause und ging durch die stockdunkle Nacht ins *Hôtel du Cirque* zurück. Hitze hatte auf dem Tag gelastet. Jetzt war der Himmel bedeckt, die Luft feucht. Ein Gewitter war im Anzug. Gegenüber dem Hotel, in eine Hausecke gedrückt, stand ein Liebespaar, das die kommenden Regengüsse nicht zu fürchten schien.

Der Nachtportier an der Rezeption steckte seine Nase in eine Turfzeitung und kreuzte Pferdenamen an. Ich sagte ihm, es werde Regen geben, der den Boden schwer machen würde. Er meinte, es gebe lediglich ein trockenes Sommergewitter, und außerdem sei das nicht so wichtig. Bis morgen nachmittag sei die Rennbahn wieder in tadellosem Zustand. Ich nahm meinen Schlüssel und ging die Treppe hinauf.

Oben in meinem Zimmer knipste ich das Licht an. Wie auf Kommando begann ein ganz unerwartetes Gewitter sein Höllenspektakel.

Drei Zentimeter neben meinem Kopf schlug eine Kugel ein Loch in den Türrahmen. Weitere Kugeln folgten dem schlechten Beispiel und landeten in der Tür und in den Wänden. Schnell löschte ich das Licht. Die Schießerei hörte auf.

Vorsichtig näherte ich mich dem Fenster. Die Nacht war zu dunkel, um irgend etwas zu erkennen. Es gab jedoch keinen Zweifel: Man hatte von dem Dach des gegenüberliegenden Hauses auf mich gefeuert.

Auf dem Flur waren Schritte zu hören. Ich zückte meine Kanone. Lächerlich! René Leclercq fragte mit besorgter Stimme durch die Tür, ob mir was passiert sei. Ich sagte ihm, er solle nicht hereinkommen, kein Licht machen und das auf dem Flur löschen. Dann trat ich hinaus und schloß die Tür hinter mir. Jetzt konnten wir das Flurlicht ruhig wieder anknipsen. Eine Frau, durch die Schüsse geweckt, kam neugierig aus ihrem Zimmer. Als sie den Revolver in meiner Hand sah, schrie sie auf, verschwand wieder in ihrem Zimmer und schloß sich ein. Leclercq stand in schwarzseidenem Pyjama vor mir. Er war nicht alleine gekommen. Überrascht sah ich hinter dem Nachtportier auch Dédé Milandre.

„Galten Ihnen die Schüsse?“ fragte der Hotelier.

„Nein, das waren nur die Rosen eines Genervten, der mich für Edwige Feuillère gehalten hat.“

„Das waren bestimmt die Freunde von Belami, die Ihnen ein Ständchen bringen wollten“, vermutete Milandre.

„Belami? Ach ja, der Kerl, dem ich die Fresse poliert habe... Kann schon sein."

In diesem Augenblick hörte man eine Stimme auf der Treppe. Hatte zwar keinen korsischen Akzent, aber der Tonfall ließ einwandfrei auf einen Ordnungshüter schließen. Tatsächlich stand kurz darauf ein Flic vor uns. In wenigen Worten erklärte ich ihm den Vorfall, gab mich als Freund von Kommissar Pellegrini aus und hielt ihm meinen Detektivausweis unter die Nase. Der Flic unterzog Dédé, Leclercq und mich einem Verhör, dessen Fragen der Gipfel an Blödheit waren. Dann kritzelte er auf einen schmierigen Notizblock so etwas wie einen Bericht, den wir unterschreiben mußten. Wir taten es in größter Eile, damit der Vertreter des Gesetzes endlich verschwand.

„Da sind Sie ja noch einmal mit einem blauen Auge davongekommen!" lachte Milandre. Sein Atem stank verschärft nach Alkohol. „Wenn ich eine Minute früher oben gewesen wäre, hätte es mich erwischt!"

„Sie wollten mich besuchen?"

„Vor dem Schlafengehen wollte ich mich erkundigen, ob mein Tip mit dem Radierer was taugte."

„Das werd ich morgen wissen", antwortete ich. „Jetzt hauen Sie sich erst mal in die Falle!"

Schwankend ging er die Treppe hinunter.

„Hat wohl was getrunken, hm?" flüsterte Leclercq mir zu.

„Sieht so aus."

Der Nachtportier mischte sich ein:

„Er hat mir unten 'n ganzen Roman erzählt. Hatte Mühe, ihn zu verstehen. Jedenfalls wollte er zu Ihnen, aber da er nicht wußte, ob Sie schon schliefen... Daß er getankt hatte, merkte man sofort. Ich wollte Ihnen gerade Bescheid sagen, als die Schüsse fielen."

Ich bat Leclercq, mir ein anderes Zimmer zu geben. Dort zog ich mich im Dunkeln aus. Vorsicht ist besser als 'ne schöne Beerdigung... Vor dem Einschlafen betete ich, der Herr möge mir einen Traum schicken, in dem Raymonde Saint-Cernin die Hauptrolle spielte. Ich hatte Glück: Ich träumte von Ange Pellegrini.

5
Nestor Burma zieht Zwischenbilanz

In aller Herrgottsfrühe holte mich Leclercq aus dem Bett. In meinem neuen Zimmer gab es kein Telefon. Ich mußte nach unten gehen, um Pellegrinis Anruf entgegenzunehmen.

„Hallo! Hab soeben erfahren, was Ihnen passiert ist", sagte der Korse. „Verdächtigen Sie jemanden? Können Sie sich einen Reim darauf machen?"

„Erinnern Sie sich?" fragte ich zurück. „Gestern haben Sie mich gefragt, wo ich mir das Gesicht verbeult hätte. Im *Ex-Cargo* war's, bei einem Zusammenstoß mit einem gewissen Belami. Der Junge muß sich jetzt einen anderen Spitznamen zulegen... Ich vermute, er oder seine Freunde wollten mich um die Ecke bringen."

„Im Ernst? Sie haben die Saalschlacht veranstaltet? Man hat mir was von einem besoffenen Kerl erzählt. Also Sie waren das! Na, herzlichen Glückwunsch! Nicht zu der Alkoholvergiftung, sondern zu dem Boxkampf. Aber ich muß Sie enttäuschen, die Freunde von Belami konnten Ihren Kopf nicht als Zielscheibe mißbrauchen. Sind vorgestern aus dem Verkehr gezogen worden. Ja, wir haben die Schlägerei als Vorwand benutzt, um alle einzusperren. Alle auf einen Streich! Noch wissen wir nicht, was wir ihnen zur Last legen sollen, aber uns wird schon was einfallen..."

„Daher kann also nicht der Gegenwind wehen?"

„Nein. Aber wäre es nicht möglich, daß der Glatzkopf von gestern Sie aufs Korn genommen hat? Wollte Sie doch schon direkt vor unserer Nase k.o. schlagen..."

„Frédo? Nein, Kommissar. Schießen auf bewegliche Ziele

fällt nicht in sein Fach. Außerdem hab ich mich mit ihm ausgesöhnt."

„Er sich auch mit Ihnen, Burma? Bei diesen Brüdern weiß man nie so genau... Wenn er's nicht war, wer dann?"

„Die Geldfälscher?"

„Hm... Seit de Fabrègues' Selbstmord verhalten sie sich still. Keine neue falsche Banknote ist seitdem in Umlauf gebracht worden. Meinen Sie, die hätten sich vom Druck aufs Abdrücken verlegt?"

Er lachte schallend über sein brillantes Wortspiel, verstummte jedoch plötzlich wie eine kaputte Sprechpuppe. Stattdessen stieß er einen saftigen korsischen Fluch aus.

„Monsieur Burma", fuhr er dann mit heiserer Stimme fort, „ich habe schon die ganze Zeit den Verdacht, daß Sie mehr wissen, als Sie sagen. Stimmt's? Und deswegen wollen die Fälscher Sie aus dem Weg räumen. Ihre Anspielung auf das blaue Blut... Mir verraten Sie ja nicht, was es damit auf sich hat. Aber irgend etwas muß es damit auf sich haben, da bin ich mir ganz sicher!"

„Scheiß was auf das blaue Blut, verdammt nochmal! Mit dem kleinen Scherz verfolgen Sie mich wohl noch die nächsten zehn Jahre! Wiedersehn! Durch die Schießerei bin ich spät ins Bett gekommen, und Sie schmeißen mich aus dem Bett, bevor es hell ist! Werd mich wieder zwischen die Laken legen, Kommissar."

Ich legte den Hörer auf die Gabel, mich selbst aber nicht, wie versprochen, zwischen die Laken. Um rauszukriegen, was in meinem Kopf vor sich ging, würde Pellegrini mich bestimmt überwachen lassen. Ich mußte so schnell wie möglich den Künstler besuchen, der den offiziellen Stellen in Nizza mit seinen Radierungen soviel Freude bereitete. Wenn der Korse nicht von alleine auf Lebrot kam, wollte ich ihn nicht auf diese Spur lenken.

Ein Taxi brachte mich aufs Land, mitten hinein ins morgendliche Vogelgezwitscher. Das Gewitter hatte sich nicht entladen, doch der Himmel war wieder klar. Ich wartete auf eine christlichere Uhrzeit und läutete dann an der Haustür von Jean Lebrot.

„Ich bin's wieder", sagte ich fröhlich zu seiner Haushälterin. „Erkennen Sie mich wieder? Ich hoffe, der Hausherr ist inzwischen aus Nizza zurückgekehrt, oder?"

Sie nickte auf beide meiner Fragen. Ich schob einen kleinen Schein in ihre schmutzige Hand.

„Bevor Sie mich anmelden... Darf ich Ihnen eine Frage stellen? Wann ist Monsieur Lebrot aus Nizza zurückgekommen?"

Die Frau begriff sofort, daß irgend etwas im Busch war. Doch schließlich hatte ich bezahlt, um eine Antwort zu erhalten. Sie gab sie mir.

„Gestern abend um neun Uhr. Ich habe ihm von Ihrem Besuch erzählt, und er ist sofort wieder weggegangen. Muß wohl ziemlich spät nach Hause gekommen sein. Ich glaube, so gegen zwei Uhr die Haustür gehört zu haben. Ist das alles, was Sie wissen wollten, Monsieur?"

„Ja, das ist alles. Ich danke Ihnen."

Jean Lebrot empfing mich in seinem Atelier. Er war ein Mann von etwas mehr als dreißig Jahren, klein, blond, mit beginnender Glatze und unruhigen blauen Augen. Ich entschuldigte mich für die Störung, da er bereits an der Arbeit war. Er versicherte mir, daß ich ihn nicht störte, und drehte nervös meine Visitenkarte in den Fingern. Die Berufsbezeichnung *Privatdetektiv* fand er alles andere als beruhigend. Ohne weitere Umschweife fragte er mich, was ihm die Ehre meines Besuches verschaffe. Obwohl er versuchte, einen ruhigen Eindruck zu machen, schien er die Hosen gestrichen voll zu haben.

„Wie alle anderen haben Sie doch sicher vom Tod des Monsieur de Fabrègues gehört", begann ich.

„Selbstverständlich", antwortete der Radierer, wobei er meinem Blick auswich. „Ich hab's in Nizza erfahren, wo ich geschäftlich zu tun hatte. Es hat mich sehr berührt. Selbstmord, nicht wahr?"

„J… ja, Selbstmord. Ich bin von seiner Familie beauftragt worden, die Gründe für diesen Akt herauszufinden. Kannten Sie den Toten näher? Und könnten Sie eventuell Gründe für diese anscheinend sinnlose Tat nennen?“

„Ja, ich kannte Monsieur de Fabrègues sehr gut… Aber… Nein, ich wüßte nicht, was ihn dazu getrieben haben könnte.“

„Die Polizei…“ Bei diesem Wort winkte die nackte Angst aus seinen Augen. „Die Polizei denkt ähnlich darüber wie Sie. Und, offen gesagt, ich neige dazu, ähnlich wie die Polizei zu denken. Die einzige Erklärung wäre die, daß der Graf vielleicht in eine unsaubere Sache verwickelt war. Das jedenfalls versucht die Polizei zu beweisen, und zwar mit ihren üblichen Mitteln: Nachforschungen, Verhöre usw. usf.“

Der Künstler war bereits blaß, jetzt spielte sein Gesicht ins Grünliche. Er suchte sich eine Sitzgelegenheit und ließ sich darauf fallen.

„Kognak, Monsieur Burma?“ fragte er mich, wobei er Mühe hatte, überhaupt ein Wort herauszubringen.

Ich lehnte ab. Aus Taktik.

Doch es war ihm gleich, ob er mir einen Vorteil verschaffte oder nicht. Sein Gemütszustand war jämmerlich, er brauchte unbedingt eine Stärkung. Er nahm eine fast leere Flasche aus dem Buffet, goß sich ein Glas ein und setzte sich wieder.

„Was Sie da sagen, ist niederschmetternd. Wie kann ein Mann aus altem Adelsgeschlecht sich zu so etwas hinreißen lassen…“

Ich ließ einen Spruch über den Sittenverfall unseres Jahrhunderts los und fuhr in meinem Bericht, den sein Schwächeanfall unterbrochen hatte, fort:

„Mir dagegen fällt die Aufgabe zu, zu beweisen, daß seine Motive eher im emotionalen Bereich zu suchen sind. Enttäuschte Liebe, zum Beispiel…“

Mit meinem Besuch verfolgte ich das Ziel, den Künstler zu beobachten, ohne selbst zuviel von meinem Spiel preiszugeben. Ich stellte ein paar uninteressante Fragen, ohne mir die Antworten anzuhören. Während Lebrot sprach, ließ ich meinen Blick durch das Atelier wandern, über die Pressen und die verschiedenen Werkzeuge, die er zu seiner Kunst benötigte. Auf einem niedrigen Regal sah ich zwischen einem Durcheinander von Papierrollen, Töpfchen und ähnlichem Zeug ein Foto, auf dem ganz deutlich eine junge Frau zu erkennen war.

„Übrigens, sind Sie mit Mademoiselle Andrieu befreundet?" fragte ich ihn, als ich mich kurz darauf verabschiedete.

„Mademoiselle Andrieu? Nie gehört."

Hinter mir fiel die Tür des Ateliers ins Schloß. Lebrot behauptete, Jacqueline nicht zu kennen. Dennoch stand das Foto des Mädchens in seinem Atelier!

Ich stürzte in das Bistro gegenüber und dort zum Telefon, um das *Hôtel du Cirque* anzurufen.

„Hören Sie, Leclercq", sagte ich zu meinem früheren Mitarbeiter, „ich brauche unbedingt Ihre Hilfe! Sie müssen kurzzeitig wieder für mich arbeiten, es geht um eine Beschattung. Würden Sie das für mich tun?" Er zierte sich ein wenig, erklärte sich dann jedoch einverstanden. „Schön. Vielen Dank! Was anderes: Hélène... Sie erinnern sich doch an sie, oder?... Ja, genau, meine Sekretärin... Sie kommt um halb eins mit dem Flugzeug angeflogen. Richten Sie ihr ein Zimmer, das sich nicht so leicht in einen Schießstand verwandeln läßt, und hinterlassen Sie ihr die Nachricht, daß sie auf mich warten soll. Und dann rasieren Sie sich bitte und kommen Sie zu mir."

Ich gab ihm die Adresse des Bistros und setzte mich auf die Terrasse. Hier hinter den Ligustersträuchern bezog ich Posten.

Nach einer Viertelstunde öffnete sich die Haustür des Künstlers, und heraus trat die Haushälterin. Sie ging über die Straße und verschwand in einem Lebensmittelgeschäft, ohne mich entdeckt zu haben. Kurz darauf kam sie mit einer Flasche Martini und einer Flasche Rum unterm Arm wieder heraus. Jean Lebrot füllte seinen Alkoholvorrat auf, der tatsächlich etwas angegriffen schien. Mein Besuch hatte seine Wirkung getan, der Radierer mußte sich mit geistigen

Getränken wieder aufrichten. Ich rieb mir innerlich die Hände.

Bis Leclercq kam, ereignete sich nichts Bemerkenswertes. Es war Zeit, meinen Hunger zu stillen. Ich gab meinem alten neuen Mitarbeiter die Informationen, die er für seine Arbeit brauchte. Dann versorgte ich ihn noch mit einer genauen Beschreibung des Künstlers, den er beschatten sollte, falls der das Haus verließ, und ging zu einem Italiener, wo ich mich mit Canelloni mit Tomatensauce und Knoblauch vollstopfte.

Im gestreckten Galopp erreichte ich gerade rechtzeitig den Flughafen. Als meine Sekretärin vor mir stand, fragte ich mich, ob tatsächlich meine Sekretärin vor mir stand. So wenig paßte ihr braungebranntes Gesicht zu der Vorstellung, die man sich an der Côte von Leuten aus Paris macht.

Hélène erklärte mir, daß sie mit einer speziellen Sonnencrème nachgeholfen habe, um hier im Süden weniger aufzufallen. Ich beglückwünschte sie zu ihrer Idee und versicherte, daß diese Tarnfarbe ihr ausgezeichnet stehe.

„Sie riechen nach Knoblauch", entgegnete sie auf mein Kompliment. „Am Telefon waren Sie viel weniger liebenswürdig zu mir. Hab mich gewundert, daß Sie mich unbedingt hier sehen wollten... und nicht Bob Colomer."

„Colo eignet sich nicht für das, was ich mit Ihnen vorhabe. Ich brauche jemanden mit Fingerspitzengefühl und... Ich hoffe, Sie haben Ihren Badeanzug mitgebracht!?"

„Klar, diese Gelegenheit lasse ich mir nicht entgehen."

„Ich mir auch nicht. Hab Sie nämlich noch nie in diesem Aufzug gesehen."

Wir stiegen ins Taxi und ließen uns zum *Hôtel du Cirque* fahren. Nach einer erfrischenden Dusche kam Hélène auf mein Zimmer. Ich versorgte sie mit den nötigen Informationen, und wir zogen Zwischenbilanz.

„Daß ich mir eine Liste aller Bekannten des Grafen habe aufstellen lassen, hatte seinen Grund", sagte ich. „Fabrègues hat vor seinem Selbstmord alles vernichtet, was mit seinen Freunden und Bekannten zusammenhing. Im Kamin lagen noch der verkohlte Ledereinband seines Adreßbuchs, die Spirale eines Notizblocks und die Überreste einer Kartei. Auf diese Weise wollte Fabrègues verhindern, daß seine Freunde von der Polizei belästigt würden. Das heißt: Eine dieser Personen ist in die Falschgeldaffäre verwickelt! Der Graf ist nur unschuldig in die Sache hineingeschliddert. Er war nicht sehr reich und hat irgend etwas verkauft. Und zwar an eine Person, die mit falschen Banknoten bezahlt hat."

„Diese Person ist Lebrot, der Radierer?" vermutete Hélène.

„Lebrot ist sozusagen von Berufs wegen verdächtig. Aber nicht ihn wollte Fabrègues schützen. Ein Mann bringt sich doch nicht wegen einem Mann um, oder?"

„Wegen einer Frau?"

„Ja. Und nicht wegen Jacqueline Andrieu oder Mado Poitevin. Nein, es muß sich um eine Dame aus einem anderen Milieu handeln. Aus seinem Milieu, dem gräflich-aristokratischen. Er wollte eine Dame... äh... decken, die er liebte. Bremsen Sie mich, Hélène, wenn meine Phantasie mit mir durchgeht! Fabrègues entflammte also in Liebe zu einer Frau und löste sich langsam von Jacqueline, ohne offen mit ihr zu brechen. Jagte sozusagen zwei Hasen mit einem Löffel. Bei Madame X handelt es sich um eine verheiratete Frau, deswegen muß die Liaison geheim bleiben. Um diese ehebrecherische Verbindung geheimzuhalten, spielt er Jacqueline gegenüber weiterhin den verliebten Liebhaber. Die Garderobenfrau des *Eldorado* wird's Ihnen gerne bestätigen. Aber Mado, die bösartige Schlange, ahnt, daß es nicht mehr das ist, was es mal war. Fabrègues hat sogar vergessen, die Julimiete für Jacquelines Appartement zu bezahlen. Sicher, er ist blank wie 'ne Eisbahn, aber die Miete von 2000 Francs übersteigt noch nicht seine finanziellen Möglichkeiten. Der Beweis hierfür sind die 5000 Francs, die er mir für mein – verspätetes – Kommen zahlen kann. Apropos, ich sollte die Scheinchen endlich mal abholen... Ergo: Er hat die Miete für Jacqueline nicht aus Geldknappheit nicht bezahlt, sondern aus Nachlässigkeit, Gleichgültigkeit, Schlamperei. Hat nur noch seine neue

Flamme im Kopf. Und an die verbimmelt er irgendeinen Gegenstand. Dafür bekommt er – oder ein Mittelsmann – echte Blüten. Als der Schwindel auffliegt, ist er am Boden zerstört. Er denkt natürlich, Madame X hätte das Falschgeld produziert. Er fühlt sich den Attacken der Polizei nicht gewachsen. Fürchtet, alles zu gestehen und Madame X reinzureißen. Selbstmord scheint ihm der einzige Ausweg zu sein. Aber vorher will er seinen Schwarm vor der drohenden Gefahr warnen. Er schreibt drei Briefe: an den Notar des Hauses, an seinen Bruder und an Madame X. Die beiden ersteren wurden mit roter Tinte geschrieben, ganz wie man's von ihm gewohnt war. Beim dritten umgibt er sich mit einer wahren Mauer von Vorsichtsmaßnahmen: Er klaut dem Butler normale blaue Tinte – die Farbe seines Blutes! – und wirft alle drei Briefe eigenhändig in den Kasten an der Straßenecke. Der Butler sollte den Namen und die Adresse seiner tragischen Liebe nicht zu Gesicht bekommen. Was Joseph nicht weiß, macht Joseph nicht heiß! Das Tintenfäßchen kann der Graf weder an seinen Ort zurück- noch auf seinen eigenen Schreibtisch stellen. Also wirft er es in den nächstbesten Gully. So kommt es, daß der Butler die Köchin als Diebin und Tintensäuferin verdächtigt... Hält das Ihrem kritischen Blick stand?"

„Wie der Obelisk!" rief meine Sekretärin begeistert. „Was ich nur nicht verstehe, ist die Rolle, die Fabrègues der Agentur *Fiat Lux* zugedacht hatte. Warum hat er Sie gebeten, jemanden zur Verfügung zu stellen? Und warum hinterläßt er Ihnen 5000 Francs, bevor er sich das Leben nimmt?"

„Darüber habe ich lange nachgedacht, und ich glaube, ich habe eine Erklärung gefunden. Sehen Sie, außer den Bausteinen, die ich in der Kaminasche entdeckt habe und die mich vermuten lassen, daß Fabrègues jemanden vor den Flics schützen wollte, ist da noch diese sonderbare 5000-Francs-Schenkung, die durch nichts gerechtfertigt scheint. Sie lädt förmlich dazu ein, nicht weiter nachzuforschen, das Geld einzusacken und Land zu gewinnen. Die Spesenabrechnung paßt einfach nicht zu seinem Brief an mich. Der war ein Hilferuf, und das

Geld ist so was wie eine Entschädigung ... für nichts und wieder nichts! In der Zwischenzeit muß etwas passiert sein, das seine Situation grundlegend verändert hat. Aber was? Pellegrinis Besuch, die falschen Banknoten betreffend! Fabrègues macht sich Gedanken über die Herkunft der Blüten. Am 22. fühlt er sich verfolgt und überwacht und bittet mich um Hilfe. Am 24., vor seinem Selbstmord, will er sich mein Stillschweigen erkaufen. Als er mir nach Paris schreibt, fühlt er sich von Korsen bedroht. Er hält sie für Freunde von Tonio Paoli, der gerade nach Cannes zurückgekommen ist. In Wirklichkeit sind es Polizisten, die ihn beschatten. Fabrègues nimmt Paolis Drohung ernst und kriegt Angst. Er ist ein Mann, der schnell den Kopf verliert und dementsprechend handelt. Übrigens die ideale Eigenschaft für einen Selbstmörder, wenn ich das mal so sagen darf. Der Graf fordert also eine Art Leibwächter bei der Agentur *Fiat Lux* an. Bevor ich in Cannes eintreffe, findet der entscheidende Besuch von Kommissar Pellegrini statt. Fabrègues kapiert, daß seine Korsen Polizisten waren. Außerdem wird ihm klar, in welch verwickelte Geschichte er ... verwickelt ist. Es wird verdammt eng für ihn. Er weiß, wer ihm die falschen Banknoten untergejubelt hat, behauptet jedoch, sie von seiner eigenen Bank bekommen zu haben. Er weiß allerdings auch, daß er nicht ewig und drei Tage so weiterlügen kann ... und bringt sich vor Ablauf eben dieser drei Tage um. Meine Hilfe braucht er nun nicht mehr, ja, er bedauert sogar, mir überhaupt geschrieben zu haben. Um mich zu veranlassen, nicht weiter darüber nachzudenken, zahlt er mir 5 000 Francs aus der Hinterbliebenenkasse. So ungefähr seh ich jedenfalls die Dinge."

„Und genauso müssen sie auch wohl liegen, stimmt's?" fragte Hélène herausfordernd. „Und das Attentat auf Sie?"

„Dafür hab ich noch keine Theorie parat. Wird nachgeliefert!"

„Daran zweifle ich nicht ... Kurz und gut, Sie haben in achtundvierzig Stunden das Terrain hervorragend sondiert, scheint mir. Aber ... Haben Sie mich 900 Kilometer durch die

Luft fliegen lassen, damit ich Ihren bewundernswerten Scharfsinn zu bewundere?“

„Nein. Es geht um eine Aufgabe, die ich nicht übernehmen kann und deshalb Ihnen übertragen möchte. Sie sollen mit den Hausangestellten aller Leute, die auf dieser Liste stehen, Kontakt aufnehmen und sich die Briefumschläge besorgen, die seit dem 24. Juli eingegangen sind. Und Augen auf bei den verheirateten Frauen!“

„Ist der Geldfälscher denn eine verheiratete Frau?“

„Stellen Sie nicht dieselben Überlegungen an wie Fabrègues! Nein, ich bin mir weniger sicher als der Graf, daß sein heimlicher Schwarm mit dem Geldfälscher identisch ist. Aber wenn wir Madame X identifizieren, ist das ein Riesenschritt nach vorn.“

„Ganz bestimmt, Chef! Und nun die Anweisungen! Ich höre.“

„Bei Ihrer Suche müssen Sie auf diese Handschrift achtgeben...“ Ich gab ihr als Muster einen Brief von Pierrre de Fabrègues. „Der Brief, den Sie suchen, muß am 24. Juli, 23.15 Uhr abgestempelt worden sein. Möglicherweise ist der Umschlag nicht vernichtet worden, obwohl die Nachricht, die er enthielt, sicherlich vernichtend war.“

6
Selbstmord Nr. 2

In der Route de Juan stieg ich aus dem Taxi. Ich befand mich ganz in der Nähe der Villa *La Pergola*, mußte nur noch durch die Strauchheide gehen. Trotz der drückenden Hitze war der Spaziergang nicht unangenehm. Die Luft dröhnte von dem Gezirpe der Grillen, Insekten summten geschäftig; nur die dicken Fliegen hatten es bei diesem Wetter etwas schwerer. Heuschrecken schreckten hoch, und Eidechsen huschten über den Weg.

Wenig vertraut mit den Örtlichkeiten, verirrte ich mich zunächst einmal. In dem ersten Bauernhaus, in dem ich nachfragte, sagte man mir, *La Pergola* sei die Villa *weiter unten, rechte Hand*.

Ich setzte meinen Weg fort. In der Ferne glänzte die blaue Wasserfläche des Mittelmeeres in der Julisonne. Ich weiß nicht, warum – jedenfalls näherte ich mich dem ocker- und rosafarbenen Haus nicht von vorne, sondern von der Seite. Ich wollte mich gerade durch Rufen bemerkbar machen, als Stimmen an mein Ohr drangen. Sie kamen von der Veranda, von der ich nur wenige Schritte entfernt stand. Gleich die ersten Sätze erregten meine ungeteilte Aufmerksamkeit.

„Du willst also fort?“

Die Stimme identifizierte ich sofort als die von Raymonde Saint-Cernin.

„In eine Wüste, wenn möglich“, antwortete eine Männerstimme.

Diese Stimme identifizierte ich sofort als die eines Unbekannten.

„Das ist doch verrückt.“

„Vielleicht." Der Unbekannte lachte bitter. „Ich bin nicht gekommen, um meinen Entschluß mit dir zu diskutieren. Wollte mich nur verabschieden und dir sagen, daß... daß ich unschuldig war. Drei Jahre hab ich dafür im Knast gesessen... Du siehst, sogar mein Vokabular hat sich dementsprechend verändert."

„Hast du... sehr gelitten?"

„Ach, was vorbei ist, ist vorbei. Nur... Ich hätte mich weniger einsam gefühlt, wenn du mir geschrieben hättest. Na ja, das erlauben die Konventionen wohl nicht..."

„Du mußt nicht glauben, daß..." begann die Frau, doch er fiel ihr ins Wort:

„Dann war eben deine Gleichgültigkeit oder Gedankenlosigkeit schuld."

Es folgte ein verlegenes Schweigen, das der Mann brach, mit einem Satz, der mein Herz stillstehen ließ.

„Ich habe den Selbstmord nicht gewollt", sagte er tonlos. Der nächste Satz ließ mich jedoch aufatmen: „Am Abend vor ihrem Tod ist sie bei mir gewesen, um das Rauschgift heimlich an sich zu nehmen." Es ging also nicht um Pierre de Fabrègues! „Unglücklicherweise befand sich in dem Säckchen eine Nachricht, die sie nicht rechtzeitig entdeckt und vernichtet hat. Das hat mich belastet und zu meiner Verurteilung geführt. Alle Welt wußte von Lauras Selbstmordabsichten, und alle Welt wußte auch, daß ich es wußte. Durch meinen schlechten Ruf als Arzt haben sich die Geschworenen davon überzeugen lassen, daß ich ihr das Zeug besorgt und damit Beihilfe zum Selbstmord geleistet hätte. Und dann kam noch hinzu, daß ich einer ihrer Erben war. Dabei hatte ich keinen blassen Schimmer davon, verdammt nochmal!"

„War die Nachricht denn nicht für Laura gedacht?"

„Nein. Und das Kokain war auch nicht für sie bestimmt, sondern für jemand, der an alles andere als an Selbstmord dachte. Dieser Jemand hatte mich schon lange bekniet, seine Neugier auf Rauschgift zu befriedigen. Um ihn nicht zu verlieren, hab ich schließlich nachgegeben. Ich wollte den Koks in einer Riesenkiste schicken, zusammen mit den schönsten Blumen und einem Gedichtband von Baudelaire. Nun, leider ist alles anders gekommen..."

„Oh... Marcel", stammelte Raymonde, „dieser Jemand... das war ich, nicht wahr?"

„Ja, das warst du."

„Aber... Du hättest das doch aussagen können... Wenn du..."

„Das hätte nichts genützt. Meiner Verurteilung wegen Drogenhandel konnte ich nicht entgehen."

„Vielleicht wäre aber die Strafe milder ausgefallen?"

„Bestimmt. Sechs Monate, höchstens ein Jahr statt der drei und dem Entzug der Aufenthaltsberechtigung."

„Du hättest das aussagen müssen, Marcel!"

„Das Gesetz bestraft nicht nur den Handel mit Drogen, sondern auch den Konsum."

„Du meinst also..."

„... daß ich dich nicht in die Sache hineinziehen wollte, ja."

Wieder herrschte Schweigen. Und wieder brach es der Mann, diesmal mit einem unangenehmen Lachen.

„Jetzt ist sowieso nichts mehr zu ändern", sagte er resigniert, „ich bin eben ein Gentleman."

„Marcel!"

Das Seufzen der Frau ging in dem Geräusch raschelnder Blätter unter. Der Mann erklärte, nun bleibe ihm nur noch, fortzugehen und darauf zu hoffen, daß sie ihn in guter Erinnerung behalte. Sein sarkastischer Tonfall war kaum zu überhören. Ein Stuhl wurde zurückgeschoben, und die Frau hauchte ein weiteres „Marcel!". Wahrscheinlich weinte sie lautlos.

„Du hast dich für mich geopfert, Liebling", stieß sie zwischen zwei Schluchzern hervor.

Wieder Schweigen. Die Reisepläne des nunmehr Heimatlosen verblaßten vor dem tiefen Blick in die schönen Augen von Raymonde Saint-Cernin. Wunderte mich überhaupt nicht!

Achselzuckend verließ ich mein Versteck hinter den Sträuchern und ging um die Villa herum. Schließlich mußte ich mich ja ordentlich ankündigen, mit Läuten an der Gartentür und so. Auf keinen Fall durfte ich mir anmerken lassen, daß ich die vertrauliche Unterhaltung belauscht hatte. Auf mein Klingelzeichen hin erschien die romantische Hausherrin. Sie brauchte eine ganze Weile, bis sie mich erkannte. Ich stieß das Gartentor auf, ging über den mit Iris gesäumten Kiesweg und stand vor ihr.

„Das ist aber nett von Ihnen“, sagte sie ohne rechte Begeisterung. „Dann reisen Sie wohl bald ab, ja?“

Sie trug einen vielversprechenden Strandanzug, der für sie entworfen zu sein schien.

Ich antwortete, daß ich in Geschäften hier sei, noch einiges zu erledigen hätte und ihr meine angekündigte Aufwartung machen wolle. Es sei doch recht, oder? Aber sicher doch! Was ich eigentlich beruflich mache? Tja... Na ja, ich sei in Geschäften hier. Beruhigt stellte ich fest, daß Charles Maurin jun. ihr diesbezüglich nichts verraten hatte.

„Kommen Sie doch auf die Terrasse“, lud sie mich ein. „Sie trinken doch ein Gläschen?“

Aus ihren zarten Händen nahm ich einen Drink entgegen, der die Müdigkeit in diesen Hundstagen verscheuchen sollte.

„Mein Dienstmädchen hat heute frei“, erklärte sie. „Ich hoffe, ich ziehe mich nicht zu schlecht aus der Affäre...“

Ich versicherte ihr, daß sie sich sehr gut aus der Affäre ziehe. Wir plauderten höflich so daher, nahmen hin und wieder einen Schluck der eiskalten Erfrischung, doch der heimatlose Gentleman blieb unsichtbar. Seine Anwesenheit machte sich lediglich durch die abwesende Aufmerksamkeit meiner Gastgeberin bemerkbar.

Zum Abschied bestand sie darauf, mir ihre beiden letzten Werke zu verehren. Unter einer Neuerscheinung stelle ich mir allerdings etwas weniger Altes vor. Der jüngere der beiden Romane war vor drei Jahren herausgekommen. Dennoch bedankte ich mich brav für die literarischen Rosen und bat um die Erlaubnis, nach einem Taxi telefonieren zu dürfen.

„Das tut mir aber leid“, jammerte sie. „Mein Telefon ist kaputt... So ein Pech aber auch!“

„Tja, das ist wirklich Pech“, mußte ich ihr zustimmen.

Sie reichte mir ihre zarte Hand mit den schlampig lackierten Fingernägeln. Ein komischer Abgang! Um ihr den Hof zu machen, hatte ich wirklich nicht den besten Augenblick gewählt.

Auf dem Weg durch die Stauchheide kam mir ein hinkender alter Mann entgegen, ganz in Schwarz gekleidet wie ein Geistlicher. Warum er sein Fahrrad schob, wußte ich nicht. Und ich hatte nicht einmal so einen Drahtesel zur Verfügung, um zurück ins Hotel zu fahren! Na ja, es hätte mir sowieso nichts genützt, weil ich... äh... Na ja, das Fahrradfahren habe ich bis heute nicht gelernt, so schwer mir dieses Geständnis auch fällt. Ich mußte also zu Fuß gehen. Dabei dachte ich darüber nach, was ich sonst noch alles nicht gelernt hatte. So wurde mir die Zeit nicht so lang, bis mich ein freundlicher Autofahrer in die Stadt mitnahm.

Wütend auf Gott und die Welt, beschloß ich, meine schlechte Laune an Joseph auszulassen. Ich wollte ihn wegen seiner plötzlich fehlenden Höflichkeit zur Rede stellen. Im Hause de Fabrègues öffnete mir Amélie, die allesschluckende Köchin.

„Monsieur de Fabrègues hat schon versucht, Monsieur zu erreichen“, sagte sie und rieb sich nervös die Hände an ihrer schmutzigen Schürze ab.

Bevor ich den Mund auftun konnte, erschien auch schon Robert de Fabrègues. Er sah hochgradig erregt aus.

„Ah, da sind Sie ja!“ rief er beinahe vorwurfsvoll. „Seit zwei Stunden versuche ich schon, Sie zu erreichen. Man hat Joseph gefunden!“

„War er denn verlorengegangen?“

„Das ist nicht der richtige Augenblick für Scherze, Monsieur Burma“, wies er mich zurecht. „Man hat ihn ertrunken aufgefunden, in Trayas. Und es handelt sich nicht um einen Unfall, nicht um Unvorsichtigkeit. Joseph konnte nicht schwimmen und hätte bestimmt nicht im Meer gebadet. Und so weit von Cannes entfernt! Außerdem war er vollständig bekleidet."

Ich ließ meine Pfeife sinken, die ich mir gerade anzünden wollte. Das war wirklich eine Neuigkeit!

„Haben Sie schon die Polizei alarmiert?"

„Durch sie haben wir es erfahren."

„Und was denken die Herren?"

„Fragen Sie sie selbst", lachte er. „Haben Sie schon jemals einen Flic gesehen, der sagt, was er denkt?"

Demonstrativ schnupperte er das Parfüm, dessen Duft ich seit meinem Besuch bei Raymonde Saint-Cernin mit mir herumschleppte. Sicher dachte er, daß ich mich besser um meine Nachforschungen hätte kümmern sollen, als mich auf galante Abenteuer einzulassen.

„Und Sie?" fragte ich weiter. „Was halten Sie von dem Unfall?"

„Wie gesagt, es war kein Unfall", erwiderte er mit Nachdruck. „Ich glaube, es war Mord! Und in diesem Zusammenhang erscheint der Fall meines Bruders ..."

„Monsieur de Fabrègues", fiel ich ihm ins Wort, da mir die Art und Weise, mit der er mich behandelte, gar nicht gefiel, „entschuldigen Sie, aber ich weigere mich, Ihren phantasievollen Gedankengängen zu folgen. Klar, von Ihrem aristokratischen Gesichtspunkt aus gesehen, wäre es natürlich angenehmer, man hätte Ihren Bruder ebenfalls ermordet. Streiten Sie das bitte nicht ab! Ich begreife zwar nur langsam, aber ich begreife. Ob es sich in Josephs Fall um Mord handelt, kann ich nicht beurteilen. Bei Ihrem Bruder jedenfalls handelt es sich einwandfrei um Selbstmord. Dabei fällt mir übrigens etwas ein: Sagen Sie, Ihr Bruder besaß doch bestimmt irgendwelchen Familienschmuck oder ähnliches Zeug. Hat er vor kurzem etwas davon verkauft?"

„Der gesamte Schmuck liegt im Pfandhaus", knurrte er wütend, ohne zu merken, daß er mir bereits geantwortet hatte.

„Ich verspreche Ihnen, ehrenwerte Motive für den Selbstmord zu finden“, sagte ich ironisch und fügte hinzu: „Vorausgesetzt, Sie halten sich an unsere Abmachungen. Heute scheinen Sie mich ja nicht besonders ins Herz geschlossen zu haben. Mit Ihrer gütigen Erlaubnis würde ich jetzt gerne meine Arbeit fortsetzen.“

„Tun Sie das, Monsieur Burma“, sagte er besänftigt. „Sie müssen entschuldigen, all diese tragischen Vorfälle... Ich bin sehr leicht erregbar.“

Ich ließ ihn mit seiner Erregung alleine und machte mich auf den Weg zu Leclercq.

René hatte sich von seinem Beobachtungsposten nicht fortbewegt. Um nicht betrunken aus der Schlacht hervorzugehen, trank er Limonade. Wenn er noch ein paar Stunden länger hier rumsitzen müsse, beklagte er sich, dann werde er in dem süßen Zeug ersaufen. Ich versprach ihm, ihn abzulösen. Ein Ertrunkener reichte mir für heute.

„Danke“, sagte er. „Lebrot hat heute nachmittag einmal sein Haus verlassen. Er schien in Gedanken versunken, wie geistesabwesend, und so war es ein Kinderspiel, ihm zu folgen. Er ist zu der Galerie gegangen, die seine Werke ausstellt. Nebenbei bemerkt: Seine Radierungen sind verflixt detailliert und präzise. Richtig pedantisch. Genau die Arbeitsweise, die man zur Herstellung erstklassiger Blüten braucht.“

„Ist mir auch aufgefallen. Und weiter?“

„Er hat sich ein paar Minuten mit der Sekretärin der Galerie über den Verkauf eines seiner Werke unterhalten. Völlig unverdächtig. Ich stand keine zwei Meter neben ihnen und hab jedes Wort mitgekriegt. Hinterher hat's mir leidgetan. Daß ich so dicht neben ihnen gestanden hab, meine ich. Danach ist er nämlich in eine Eisenwarenhandlung gegangen, in einem Viertel, das nicht mal ich kannte. Ich konnte mich schließlich nicht wieder neben ihn stellen und mich statt für Kunstwerke jetzt für Nägel interessieren. Er hätte mich bestimmt erkannt. Als er aus dem Geschäft kam, trug er ein Päckchen unterm Arm.

Der Rückweg war etwas beschwerlich. Lebrot war noch immer wie benommen. So als habe er getrunken und spüre jetzt die ersten Wirkungen des Alkohols. Kennen Sie das?“ Er zwinkerte mir zu. „Wieder hier angekommen, hab ich mich erneut den Qualen der Sonne und der Limonade ausgesetzt.“

Unterm Strich hatte diese Aktion also nichts Großartiges ergeben. Vielleicht war es etwas naiv gewesen, anzunehmen, Lebrot würde von einem Bekannten zum andern laufen und mir so den Weg zu einer Fährte zur Spur weisen. Na ja, hoffen und harren... Ich gab Leclercq die Freiheit zurück und bedeutete ihm, daß ich allein sein wolle.

Ich trank mir mit *Pastis* Mut an, nahm mein Herz in beide Hände und rief Kommissar Pellegrini an.

„Monsieur Burma!“ dröhnte der Korse. „Ich dachte schon, Sie wären auch tot! Wo haben Sie gesteckt?“

„Das Mittelmeer macht mich sentimental“, antwortete ich. „Hab mich den ganzen Nachmittag in den Sand gelegt, aufs Wasser gestarrt und Pfeife geraucht. Und geträumt.“

„Sehr gefährlich, so was!“ lachte Pellegrini. „Man schläft ein, und wenn man aufwacht, ist man ertrunken. Wie der arme Joseph, zum Beispiel. Sie wissen doch, daß er tot ist, nicht wahr?“

„Sein angeheirateter Chef – oder wie man so was nennt – hat's mir erzählt. Mord?“

„Klar, was denn sonst? Wovon kann ein Privatdetektiv angesichts des Mittelmeeres schon träumen, wenn nicht von einem ermordeten Toten? Schon mal was von Berufskrankheit gehört?“

„Nein. Also, was sonst, wenn nicht Mord?“

„Mord durch Ertränken ist sehr selten. Die Leiche müßte Spuren eines vorangegangenen Kampfes aufweisen. Tut sie in diesem Fall aber nicht, wie der Gerichtsmediziner ausdrücklich betont. Auch war der Mann noch nicht tot, als er ins Wasser fiel. Das sagt uns sein Mageninhalt.“

„Der des Gerichtsmediziners?“

„Der des toten Butlers natürlich, Sie Scherzkeks! Ein Badeunfall kommt ebensowenig in Betracht. Die Leiche war vollständig bekleidet. Also: Selbstmord. Er ist dem schlechten Beispiel seines Herrn gefolgt. Dessen Tod muß ihn außerordentlich mitgenommen haben. Er schien mir ziemlich durcheinander bei meinen Verhören."

„Kann ich bestätigen", bestätigte ich. „Deprimiert und sonderbar, würde ich sagen. Einmal sagte er brav guten Tag, ein anderes Mal erkannte er einen nicht mehr."

Ange Pellegrini berichtete als nächstes über die Nachforschungen bezüglich der nächtlichen Schüsse auf mich. Die Polizei vermutete, daß der Schütze ein Baugerüst in einer Seitenstraße hochgeklettert war. Der Nachtwächter verbrachte den größten Teil seiner Dienstzeit in der Kneipe. Übrigens war er rein zufällig heute morgen nach Agen in Urlaub gefahren. Pellegrini hatte seinen Kollegen dort Bescheid gegeben. Den Arbeitern der Baustelle hatte der Alte jedenfalls nichts erzählt. Er war ohnehin sehr schweigsam.

Ich bedankte mich, legte auf und begab mich auf eine Erkundungstour rund um das *Hôtel du Cirque*. Der Kommissar hatte recht: Der einzige Weg nach oben war das Baugerüst.

Meine Armbanduhr zeigte eine Stunde an, die sich für ein Telefongespräch mit Paris eignete. Ich ging zur Post, und nur eine Viertelstunde später hatte ich meinen alten Freund Marc Covet, den Journalisten, an der Strippe.

„Ich hätte von Ihnen gerne einen genauen Bericht über eine Strafsache, die so ungefähr drei Jahre zurückliegt. Es handelt sich um Beihilfe zum Selbstmord einer gewissen Laura. Nachname unbekannt. Ein gewisser Marcel – Nachname ebenso unbekannt – hatte ihr Kokain besorgt und ist deswegen angeklagt und zu drei Jahren verurteilt worden."

„Ich war's nicht", scherzte Marc.

„Dieser Marcel war Arzt, glaube ich. Vervollständigen Sie bitte die dürftigen Angaben. Ach ja: Die Selbstmörderin, Laura Dingsbums, war mit dem Verurteilten sowie mit Raymonde Saint-Cernin befreundet, der Schriftstellerin, Sie wissen schon. Durchforsten Sie bitte das Archiv des *Crépuscule*, und wenn Sie fündig werden, lassen Sie's mich wissen."

„So schnell wie möglich, nehme ich an? Das Lied kenne ich... Und wo kann ich Sie erreichen? Am anderen Ende der Welt?"

„In Cannes, *Hôtel du Cirque*."

„Glückspilz! Wird sie wieder aufgerollt?"

„Wer?"

„Die Affäre um diesen Kokain-Doktor."

„Noch nicht, aber ich möchte wissen, mit wem ich's zu tun habe."

„Was tun Sie eigentlich in Cannes? Wenn ich richtig gehört habe, sind die Strände da unten im Moment rammelvoll..."

„Ich bestaune die vielen hübschen Mädchen hier."

„Keinen Fall an der Hand? Ich meine beruflich."

„Hören Sie, Marc, stellen Sie nicht so viele Fragen und tun Sie, worum ich Sie gebeten habe. Wiedersehn! Telefonieren ist teuer, ich lege jetzt auf."

„Wiedersehn, alter Geizkragen!"

Ich ging zum Hafen, um meine Gedanken schwimmen zu lassen. Die Truppe einer Filmgesellschaft drehte dort seit einigen Tagen *Segelschiff Mary Celeste*. Das Titelschiff schaukelte sanft auf den Wellen. Im Takelwerk gab jemand gerade eine sensationelle Akrobatikvorstellung... Schaulustige neben mir wußten zu berichten, daß der Mann Matrose auf einer Jacht war, die gleich nebenan vor Anker lag.

7
Der Radierer

Etwas angeheitert kam ich ins Hotel zurück. Es war zwei Uhr vorbei. Ich hatte einen ausgedehnten Kneipenbummel hinter mir, verspürte aber immer noch Durst. Unterwegs läutete ich an Milandres Haustür. Er reagierte nicht. Wohl oder übel mußte ich mich auf mein Hotelzimmer begeben.

Ich knipste das Licht an. Diesmal löste das keine wilde Schießerei aus, sondern das Klingeln des Telefons an der Rezeption. Ich warf einen Blick auf die Nachricht, in der mir Hélène mitteilte, daß keiner der von ihr beschlagnahmten Briefumschläge die geringste Ähnlichkeit mit dem Muster aufwies. Es klopfte. Der Nachtportier rief, daß der Anruf unten für mich sei. Der Anrufer hatte mich haargenau abgepaßt.

„Hallo! Monsieur Burma?" meldete sich die aufgeregte Stimme von Robert de Fabrègues. „Eben hat jemand versucht, hier einzubrechen!... Ja, vor ein paar Minuten. Ich bin durch ein verdächtiges Geräusch wachgeworden und hab den Einbrecher verscheucht... mit einem Schuß aus meiner Pistole! Ob der Vorfall mit dem Tod meines armen Bruders oder mit dem von Joseph etwas zu tun hat, weiß ich nicht. Ich wollte Sie aber unbedingt benachrichtigen. Können Sie herkommen?"

Ich konnte. Im Taxi überlegte ich, was dieses neue Intermezzo nun wieder zu bedeuten hatte. Fabrègues erwartete mich am Eingang der Villa. Allein. Weder das verdächtige Geräusch noch der Schuß hatten den Schlaf der Köchin stören können.

„Das muß ein Anfänger gewesen sein!" rief Robert mir entgegen. „Sonst wär er nicht beim ersten Schuß abgehauen... ohne sein Werkzeug!“

Er zeigte mir ein handliches Brecheisen, das er auf der Außentreppe gefunden hatte. Ich sah es mir, herzhaft gähnend, an. Es war bemerkenswert blank. Funkelnagelneu! Auf die Gefahr hin, für eine alte Schlafmütze gehalten zu werden, sagte ich Fabrègues, daß der Einbruch nicht viel hergebe und ich ihn morgen früh besuchen oder anrufen würde.

Das Taxi stand noch in der Straße. Ich gab dem Fahrer die Adresse von Jean Lebrot an.

Mit zittriger Stimme erkundigte sich die Haushälterin, was ich wolle.

„Wenn Sie mir die Tür ohne Erlaubnis Ihres Herrn nicht öffnen mögen“, antwortete ich, „dann sagen Sie ihm, Nestor Burma will ihn sprechen. Und richten Sie ihm aus: Ich weiß, daß er zu Hause ist, nicht schläft und die späte Stunde keine Entschuldigung ist. Wenn er mich jetzt nicht reinläßt, besucht ihn morgen früh Kommissar Pellegrini!“

Ich wartete genau dreißig Sekunden, die Uhr in der Hand. Dann öffnete sich die Tür. Ich ließ mir von der ängstlichen Haushälterin kurz die Räumlichkeiten erklären und rannte ins Schlafzimmer des Radierers, anstelle der Uhr jetzt meine Kanone in der Hand. Solch ein Gerät macht sich immer gut.

Auf dem Boden verstreut lagen Kleidungsstücke. Der Meister selbst lag im Bett, nackt, bleich und zitternd. Trotz seiner lebhaften Proteste riß ich die Bettlaken zurück und konnte feststellen, daß er keine Zeit gehabt hatte, sich die Socken auszuziehen. Ich lachte ihm ins Gesicht.

Der Radierer gab ein Bild des Jammers ab. Eine leichte Alkoholfahne umwehte seinen mageren Körper. Wir zwei waren ein herrliches Säuferpaar! Ich zog einen Stuhl ans Bett und setzte mich. Beim Anblick meines Revolvers wurde das Zittern des Radierers noch stärker.

„Sind Sie stumm?“ eröffnete ich das Feuer. „Wollen Sie gar nicht wissen, was ich um diese Uhrzeit hier mache? Ah, vielleicht ahnen Sie ja, was mich zu Ihnen führt! Ziehen Sie sich an!“ befahl ich. „Wir gehen sofort zur Kripo. Pellegrini wird sich freuen! Nicht nur darüber, daß er die Motive für Ihren Einbruch erfährt, sondern auch darüber, den Mann vor sich zu sehen, der die falschen Banknoten herstellt... Sie haben eine verräterische Kleinigkeit bei Fabrègues liegenlassen, hm?, und als Sie von mir hörten, daß die Polizeit verschärfte Nachforschungen anstellen würde, haben Sie wegen dieser Kleinigkeit Schiß gekriegt, stimmt's? Um was für eine kleine Wichtigkeit geht es denn?“

Zu meinem Erstaunen atmete der Mann auf.

„Falsche Banknoten?“ stieß er erleichtert hervor. „Das ist also die Lösung des Rätsels! Hätte ich mir denken können. Hab so was gehört, von einem seltsamen Vorfall im Kasino Monte-Carlo...“

Er stieg aus dem Bett, zog sich langsam an und ging zu einem kleinen Tresor, den er mit einem noch kleineren Schlüssel öffnete. Er entnahm ihm eine Papierrolle.

„Sie werden wissen, was Sie zu tun haben, Monsieur Burma“, sagte er. „Aber daß Sie alleine hierher gekommen sind, bedeutet doch wohl, daß die Flics die Identität des Einbrechers noch nicht kennen. Hab ich recht? Glückwunsch, Sie waren sehr schnell! Dann ist es wohl besser, mit offenen Karten zu spielen... vorausgesetzt, die Sache bleibt unter uns.“

Er gab mir die Papierrolle. Es war eine Radierung, eine der anstößigen Art.

„Hübsch“, sagte ich anerkennend. „Aber wenn Sie glauben, Sie könnten mich damit kaufen, dann muß ich Sie enttäuschen. Ich bin kein Gymnasiast mehr.“

„Wer redet von kaufen? Das ist eine Kostprobe der Arbeiten, die ich für Pierre de Fabrègues angefertigt habe.“

Die folgenden Erklärungen des Radierers besiegelten meine Niederlage. Ich hatte mich gründlich vergaloppiert. Leider war kein Alkohol mehr im Hause, mit dem ich meinen Irrtum hätte begießen können.

„Fabrègues war ein... Wie soll ich sagen?“ sinnierte

Lebrot. „Ein komischer Heiliger, das war er! Sein verdrehter Charakter ähnelte seinem Äußeren. Vor ungefähr drei Monaten hat er mich gebeten, eine Serie von... na ja, speziellen Radierungen für ihn anzufertigen. Hat mir einen Stapel Fotos in die Hand gedrückt – Fotos von seinen kleinen Freundinnen, glaub ich –, die sozusagen Modell stehen sollten. Die Arbeit machte mir Spaß. Ich führte sie aus, und er brachte die Ergebnisse in seine Bibliothek."

„Moment! Haben Sie ihm die Fotos wiedergegeben?"

„Ich glaube nicht. Nein, ich kann mich nicht erinnern. Er hat sie auch nie zurückverlangt."

„Dann mal weiter!"

„Die Nachricht von seinem Selbstmord hat mich ziemlich kaltgelassen. Der Graf war mir nie übermäßig sympathisch gewesen. Dazu kam noch, daß einige Gerüchte über ihn in Umlauf waren. Vor allem die Sache in Monte-Carlo, als der Direktor des Kasinos ihn in sein Büro hat kommen lassen... Aber mich interessierte das alles nicht. Für mich war das Gespräch mit dem Präfekten von Nizza wichtiger. Es ging um dieses Goldene Buch. Ich soll die Illustrationen besorgen. Radierungen von bedeutenden Persönlichkeiten des Arrondissements. Das ist eine große Ehre für mich und meine Kunst, eminent wichtig für meine Zukunft! Als ich aus Nizza zurückkam, hat mir meine Haushälterin von Ihrem Besuch erzählt. Sie hatten Ihre Visitenkarte hiergelassen. ‚Privatdetektiv'... Ich muß zugeben, diese Berufsbezeichnung gefiel mir gar nicht. Ihr Berufsstand hat nicht den allerbesten Ruf, wie Sie wissen. Vielleicht wegen einiger schwarzer Schafe..."

„Tja, leider", seufzte ich scheinheilig. „Für oberflächliche Leute ist jeder Privatdetektiv ein Erpresser."

„Ganz genau! Für so was hab ich Sie gehalten. Für einen Erpresser! Deswegen war ich bei unserem ersten Gespräch auch so übernervös. Ich habe Angst vor Erpressern."

„Warum denn?"

„Ich fürchtete, Fabrègues' Selbstmord würde ans Licht bringen, daß ich diese Radierungen hergestellt habe. Natürlich hatte ich sie nicht signiert, und die Abmachungen zwischen mir und Pierre wurden vorsichtshalber nur mündlich getroffen... Aber trotzdem, ich war alles andere als gelassen..."

„Aber warum denn diese übertriebene Furcht?" bohrte ich weiter. „Nur weil Sie etwas... freizügige Radierungen angefertigt haben? Das ist doch kein Verbrechen. Außerdem handelte es sich ja um einen privaten Gefallen, sozusagen. Das hat schließlich nichts mit Verbreitung von Pornographie oder so was Ähnlichem zu tun. Jedem seine eigenen guten Sitten!"

„Nun, der Grund ist dieses Goldene Buch. Es wäre ein Skandal, man würde mir den Auftrag entziehen. Wohlgemerkt, für mich ist das weniger eine Frage des Geldes, sondern eher eine meines Ruhms. Ich weiß, viele an meiner Stelle hätten nichts gegen einen solchen Skandal. Ja, hier an der Côte leben die eigenartigsten Typen... Ich dagegen bevorzuge ein stilles, zurückgezogenes Leben. Ich gehöre weder zu den Wilden noch bin ich ein Bohème..." Das merkte man. Normalerweise stand in seiner Hausbar nur eine fast leere, verstaubte Flasche. „Zurück zu unserem Gespräch: Entgegen meiner Erwartungen machten Sie keine erpresserische Anspielung. Doch Ihre Bemerkung über die bevorstehenden verschärften Verhöre und Nachforschungen der Polizei war zuviel für meine Nerven. Ich war nahe daran, in Ohnmacht zu fallen. Als Sie weg waren, brauchte ich erst mal eine Stärkung. Ich, der ich so gut wie nie Alkohol trinke! Ich schickte meine Haushälterin los, Stoff zu besorgen. Und als ich dann betrunken war, brannten bei mir die Sicherungen durch. Ich wollte bei Fabrègues einsteigen und die kompromittierenden Bilder in Sicherheit bringen, um einen Skandal zu verhindern. Wenn ich von der Sache mit den falschen Banknoten gewußt hätte, wäre ich in meinem Vorhaben nur noch bestärkt worden. Denn ich kann mir vorstellen, daß man im Moment den passenden Fachmann sucht: einen Radierer!... Ich besorgte mir also ein Brecheisen und schritt zur Tat, völlig verrückt geworden! Pierres Bruder gab einen Schuß auf mich ab, und das hat mich mit einem Schlag wieder nüchtern gemacht. Ich nahm meine Beine in die Hand und rannte fort." Er zögerte einen Augenblick und fragte dann: „Glauben Sie mir?"

Mir blieb nichts anderes übrig. Ich steckte meine Waffe ein, die jetzt ziemlich deplaziert wirkte. Lebrots Erklärungen schienen plausibel, ebenso seine panische Angst. Das paßte ausgezeichnet zu seinem Charakter. Ich verlangte von ihm ein Alibi für die Nacht, in der auf mich geschossen worden war. Dann stellte ich noch ein paar Fragen über Terminierung und Zahlungsform bei besagtem Radierungsgeschäft und machte mir Notizen. Das alles sollte nur meine Enttäuschung über die Pleite verbergen.

„Muß ich jetzt mit Ihnen zur Kripo, oder können wir uns einigen?" fragte Lebrot. „Ihnen kann es doch egal sein, und mir würde es einen handfesten Skandal ersparen. Sie sind Privatdetektiv... Vertrauliche Aufträge aller Art, heißt es doch immer... Wie wär's, wenn ich Sie damit beauftragen würde, diese verfluchten Radierungen wiederzubeschaffen?"

Ich verließ das Haus mit einem Scheck. Ich hatte meinen einzigen Verdächtigen verloren, aber einen neuen Klienten gewonnen. Stolz darauf war ich jedoch nicht, und es verbesserte auch nicht meine Laune.

Als René Leclercq am nächsten Morgen tatendurstig in mein Zimmer gestürmt kam und fragte, ob er den Radierer weiter beschatten solle, wurde er dementsprechend empfangen.

8
Das Drama in der Heide

Ich besuchte Fabrègues und erzählte ihm ein Märchen über den nächtlichen Einbruch, um zu verhindern, daß er Anzeige erstattete. Gleichzeitig inspizierte ich die Bibliothek mit dem Ziel, die Radierungen, die dem armen Jean Lebrot den Schlaf raubten, zu finden und mitzunehmen. Dann entschloß ich mich, Maître Dianoux in Nizza aufzusuchen. Schließlich lagen bei ihm 5 000 Francs für mich bereit, mein inzwischen schon beträchtlich geschrumpftes Erbe, das mir der tote Graf vermacht hatte. Bevor ich mich auf die Suche nach einem fahrbaren Untersatz machte, ermutigte ich Hélène, ihre Jagd auf den gesuchten Briefumschlag fortzusetzen.

Vor dem Polizeigebäude stolperte ich über Ange Pellegrini. Der Korse bombadierte mich sofort wieder mit neuen Fragen über das alte Attentat, das auf mich verübt worden war. Um die Sache abzukürzen, sagte ich ihm, ich wolle nach Nizza fahren.

„Ach, wirklich?“ lachte er. „Ich auch! Da können wir ja zusammen fahren.“

Er zeigte auf das Polizeiauto am Straßenrand. Hinter dem Steuer saß ein junger Beamter und knabberte auf einem Streichholz. Der Gendarm auf dem Beifahrersitz säuberte sich mit seinem dreckigen Daumennagel das Ohr. Pellegrinis Angebot abzulehnen, wäre undiplomatisch gewesen. Ich nahm also an, fest entschlossen, mich nicht auf das seichte Geschwätz des Kommissars einzulassen. Dann schon eher auf sein minutenlanges Schweigen.

„Wollten Sie tat-säch-lich nach Nizza?“ fragte er ungläubig, als der Wagen losfuhr.

„Halten Sie mich für einen Lüg-ner?" gab ich zurück.

Das stopfte ihm erst einmal das Maul. Er hüllte sich in Schweigen.

Wir kamen gut voran. So früh am Morgen war die Straße wenig befahren. Plötzlich bot sich uns ein seltsames Schauspiel: Am Straßenrand lag ein menschlicher Körper, neben ihm kniete ein Mann, der ihn abtastete. Als wir näher kamen, richtete sich der Mann auf.

„Halten Sie!" schrie Pellegrini. Und zu mir gewandt: „Wohl 'ne Leiche, was?"

„Sieht so aus."

Mit quietschenden Bremsen hielt der Renault. Pellegrini, der Gendarm und ich sprangen heraus. Nur der Fahrer blieb friedlich hinterm Steuer sitzen und kaute weiter auf seinem Streichholz herum.

Der Mann neben dem leblosen Körper hatte kurzgeschnittenes Haar – besser gesagt, sein Schädel war kahlrasiert – und trug eine Sonnenbrille in dem blassen Gesicht, das Spuren von einem oder mehreren Schlägen aufwies. Seine Nase blutete. Das Turnhemd ließ seine dünnen, weißen Arme sehen, und die graue Flanellhose war offensichtlich neu. Seine nackten Füße steckten in Sandalen. In der Hand hielt er eine Tasche aus schwarzem Wachstuch.

Pellegrini fing an zu sprechen, konnte seinen Satz jedoch nicht zu Ende bringen. Der Mann verpaßte ihm einen Schlag ins Gesicht, der den überraschten Kommissar in den Straßenstaub schickte. Bemerkenswert flink sprang der Boxer in den Dienstwagen. Der Fahrer war ein schmächtiges Kerlchen und verdankte seinen Posten weniger seiner physischen Eignung als psychischer Protektion anderer. Mit zwei gezielten Faustschlägen war er aus dem Weg und aus dem Wagen geräumt. Der Mann in dem Turnhemd nahm seinen Platz hinterm Steuer ein und raste los, in Richtung Cannes.

Neben mir knallte ein Schuß. Die Kugel verfehlte ihr Ziel. Überraschung und Entrüstung wirkten sich fatal auf die Treffsicherheit des überrumpelten Gendarmen aus.

Pellegrini rappelte sich korsisch fluchend hoch. Ohne den Staub von seiner Kleidung abzuklopfen, lief er mitten auf die Fahrbahn, in der Hoffnung, einen Wagen für die Jagd auf den fliehenden Wegelagerer requirieren zu können. Doch, wie gesagt, so früh am Morgen war die Straße wenig befahren. Ich lernte noch ein paar neue korsische Flüche kennen. Sehr amüsant. Köstlich, wie dieser kleine Gauner den Flics einfach so ihren Dienstwagen geklaut und sie stehengelassen hatte!

Der Gendarm kümmerte sich inzwischen um den leblosen Körper. Vorsichtig tastete er die Herzgegend ab. Der Mann war noch warm, aber bereits tot. Er trug ein ehemals weißes, doch jetzt dreckiges und zerknittertes Hemd, dessen jämmerlicher Zustand von keinem Jackett verdeckt wurde. Die elegante schwarze Hose paßte weder zur Jahreszeit noch zur Situation. Allerdings war sie vom Knie abwärts durch einen Riß eigentlich untragbar geworden. Der Mann war um die fünfzig, mit weißem Haar und rotem Gesicht. Mein Blick fiel auf seine Füße. Er trug keine Schuhe, und sein rechter Fuß war verkrüppelt. Dieses besondere Kennzeichen weckte in mir Erinnerungen.

Es handelte sich um den humpelnden Radfahrer mit dem Aussehen eines Geistlichen, der mir am Abend zuvor in der Strauchheide begegnet war. Und jetzt erkannte ich auch die Gegend wieder: Wir befanden uns am Anfang des Weges, der zur Villa von Raymonde Saint-Cernin führte.

„Telefon!“ rief ich Pellegrini zu und zeigte auf *La Pergola*, die zwischen den Kiefern zu sehen war. Die andere Hand preßte ich an mein Ohr, so als hielte ich einen Hörer.

Ich rannte zu der Villa meines heimlichen Schwarms. Das Gartentor stand offen. Ich verlor keine Zeit und stürzte ins Haus.

„Telefon!“ rief ich der Haushälterin zu, die mich erschrokken anstarrte. Gleichzeitig wiederholte ich meine Taubstummengeste.

„Kommen Sie wegen der Reparatur? Wurde auch Zeit...“

Ich beugte mich aus einem Fenster und informierte Pellegrini über den gestörten Anschluß. Der Kommissar schickte den Fahrer, der immer noch seinen Streichholz-Zahnstocher im Mund hatte, auf die Suche nach einem Haus mit intaktem Telefon.

„Guten Tag, Monsieur Burma", hörte ich hinter mir eine rauchige Stimme. „Mein Haus scheint Ihnen ja sehr zu gefallen. Was ist denn passiert?"

Ich drehte mich um und sah eine Raymonde vor mir, die ganz offensichtlich gerade aus dem Bett gestiegen war. Das Seltsame in ihrem Blick erstaunte mich nicht. Nach dem belauschten Gespräch gestern abend wußte ich, worauf es zurückzuführen war.

„Ich habe Sie angelogen", gestand ich mit einem reuigen Lächeln. „Ich bin zwar tatsächlich in Geschäften hier, aber in krummen. Ich bin nämlich Privatdetektiv..."

„Und ein skrupelloser dazu!"

„Bitte, seien Sie mir nicht böse."

Ich schilderte ihr die Situation. Sie hörte sich meinen Bericht völlig unbefangen und unbeeindruckt an. Da ich von Berufs wegen mißtrauisch bin, hatte ich den leisen Verdacht gehegt, daß sie den Toten kannte. Ich hatte mich wohl getäuscht. Nichtsdestoweniger konnte man den Haarschnitt des Flüchtenden als charakteristisch bezeichnen. Ich hatte den Mann nie zuvor gesehen, ihn aber einwandfrei als den unsichtbaren Gast vom Vorabend identifiziert, den heimatlosen Gentleman. Ich ging zu Pellegrini zurück.

„Weiß der Teufel, woran er gestorben ist", brummte der Kommissar. „Nirgendwo eine Wunde von einem Messer oder einer Kugel..."

„Haben Sie ihn durchsucht?" erkundigte ich mich. „Wer ist der Tote?"

„Niemand! Keine Ausweispapiere. Überrascht mich aber nicht. Der Kerl, der abgehauen ist... mit unserem Wagen!... hatte bestimmt schon seine Taschen durchwühlt."

„Und seine Jacke mitgenommen. Aber doch wohl nicht seine Schuhe... Jedenfalls nicht den rechten!"

„Also ein Vagabund?“ vermutete Pellegrini.

„Meinen Sie den Toten?“ fragte ich zurück. „Nein! Sehen Sie sich das Hemd an. Schmutzig, aber maßgeschneidert. Paßt wie ’ne zweite Haut, wenn man das noch so sagen kann. Und die schöne Hose! Na ja, so schön ist sie jetzt nicht mehr... Im allgemeinen kleiden sich Vagabunden nicht so elegant.“

Der Tote trug keine Krawatte, und der Hemdkragen stand offen. Ich konnte das Etikett des Herstellers lesen: *C. Ryley, London (England).*

Plötzlich stieß ich einen entsetzten Schrei aus. Ein Thymianstrauch hatte die rechte Hand des Unbekannten verdeckt. Durch einen leichten Windstoß war der Strauch zur Seite gerutscht, und jetzt sah ich die schrecklich zugerichtete Hand. Bis auf den Daumen waren die Finger eine einzige abstoßende, furchtbare Brandwunde.

„Hab ich gesehen“, kommentierte der Korse. „Komisch, nicht? Sicher irgendeine Säure. Ein Schlauberger, der die Fingerabdrücke unkenntlich machen wollte?“

Ich dachte an etwas anderes. Doch bevor ich meine Meinung dazu sagen konnte, kam der Streichholzlutscher angerannt. Er war schon von Natur aus keine Schönheit, und auch die Kinnhaken hatten nichts daran ändern können. Aber jetzt sah sein Gesicht noch entschieden häßlicher aus. Sogar den Zahnstocher hatte er verloren. Was war vorgefallen?

„Haben Sie telefoniert?“ schrie Pellegrini ihm entgegen.

„Konnte nicht“, keuchte er ganz außer Atem. „Schnell, Chef... Hab was... entdeckt, glaub ich... Da drin... blutüberströmt... ein Mann... ermordet...“

In abgehackten Sätzen schilderte er, was er entdeckt hatte. Er war in einen hübschen kleinen „Bingalov“ gestürzt, um zu telefonieren, da... links...

Pellegrini und ich ließen uns von ihm durch die Strauchheide zu dem Haus führen. Der Gendarm blieb als Totenwache zurück.

Für einen hübschen kleinen Bingalov, wie der Fahrer ihn

genannt hatte, war er gar nicht so klein, dafür aber sehr hübsch. Drinnen noch mehr als draußen.

Wir betraten einen weitläufigen Raum, eine Art Atelier, spärlich möbliert mit wenigen Sitzgelegenheiten und einem Flügel. Der Boden war von Notenblättern übersät, die nicht von dem Instrument gefallen waren. Sie lagen in einer Blutlache. Von dem Raum führte eine Treppe auf eine Galerie. Und dort oben lag auch die Leiche, ebenfalls in einer Blutlache. Mit letzter Kraft hatte der Mann die Notenblätter nach unten geworfen.

Wir gingen hinauf zu dem Toten. Keiner von uns konnte einen Schrei unterdrücken. Der junge Mann beherbergte in Gesicht und Körper etwa ein halbes Dutzend Bleikugeln. Darüberhinaus sah sein Gesicht aus, als wäre es von Lepra zerfressen. Eine Säure... Sie hatte ihm die Augen verbrannt, wie dem anderen, dem am Straßenrand, die Finger. Eine Spezialität sozusagen. Diese Tatsache alleine erlaubte es, einen Zusammenhang zwischen den beiden grausigen Funden herzustellen.

Nie war die Anwesenheit von Fotografen, Ärzten und dem ganzen erkennungsdienstlichen Kram nötiger gewesen als in diesem Fall. Die Hand sorgfältig mit einem Taschentuch umwickelt, bediente sich Pellegrini des Telefons. Er konnte jedoch noch so sehr was von „absolutem Vorrang“ in den Apparat brüllen, es verging eine geraume Zeit, bis er das Hauptkommissariat an der Strippe hatte.

Schweißgebadet und wutschnaubend berichtete er in knappen Worten von dem Mißgeschick, bei dem wir eine mehr oder weniger klägliche Figur abgegeben hatten. Dann gab er seine Anweisungen: Straßensperre errichten, Ambulanz schicken, Spezialtrupp alarmieren usw. usf. Wahrscheinlich sei der Flüchtende bewaffnet, fügte er hinzu. Wahrscheinlich nicht, dachte ich bei mir. Zumindest hatten wir keinen Revolver in seiner Hand gesehen. Wahrscheinlich war eher, daß der Kommissar eine gute Ausrede für unser schlechtes Abschneiden bei dem Boxkampf suchte, um seine Ehre zu retten. Nachdem er aufgelegt hatte, verspürte er das urkomische Bedürfnis, eine Erklärung für seine Lüge abzugeben.

„Sie haben keine Waffe bei ihm gesehen, hm?“ fragte er herausfordernd. „Und eine verdächtige Bewegung haben Sie auch nicht bemerkt, stimmt's? Aber mit irgend etwas muß der Kerl diesen Mann hier schließlich erschossen haben, oder? Denn... Es besteht doch wohl kein Zweifel, daß er der Mörder ist! Überhaupt kein Zweifel, nicht wahr, Monsieur Burma?“

Ich gab ein Knurren von mir, das mich nicht zu sehr festlegte, und schlug dann vor, das Haus zu inspizieren. Vergeblich suchte ich das Fahrrad des Hinkenden in der Garage, in der nur ein Ford stand. Aber dafür machten wir im Schlafzimmer eine überraschende Entdeckung: ein schwarzer Gehrock mit passender Weste, beides wie mit einem Rasiermesser zerschnitten, und ein völlig kaputter orthopädischer Schuh für einen verkrüppelten rechten Fuß.

„Die Klamotten von dem auf der Straße!“ rief Pellegrini.

„Jawohl“, stimmte ich ihm zu, „und in demselben Zustand wie er selbst.“

Die Taschen des Gehrocks gähnten vor Leere.

„Immerhin wissen wir jetzt, daß er Engländer war.“

„Vor allem wissen wir das!“ höhnte der Kommissar. „Was beweisen schon die Etiketten? Sehen Sie, meine Krawatte... Kommt aus Liverpool. Und ich komme aus Bastia!“

„Jedes Kleidungsstück des Toten, einschließlich Spezialschuh, kommt aus England“, hielt ich dagegen. „Er kleidet sich in London ein, wie ein Dandy! Dabei ist er bestimmt keiner.“

„Nicht auf den ersten Blick.“ Pellegrini lächelte. Er selbst konnte für sich nicht in Anspruch nehmen, elegant gekleidet zu sein. „Die Qualität des Anzugs ist schlecht, fast miserabel. Sieht man sofort. Wir Anglomanen pflegen in London anders...“

„Ich an Ihrer Stelle als Anglomane würde ein scharfes Foto von dem Toten draußen schießen“, fiel ich ihm ins Wort, „und es per Belinogramm nach Scotland Yard schicken. Vielleicht ist er Ihren Kollegen bekannt."

Wir setzten unsere Hausdurchsuchung fort. In einem Wandschrank entdeckten wir ein 60 Zentimeter langes Stück Gartenschlauch. Richtig zugeschnitten, war es der ideale Gummiknüppel. Im Keller fanden wir ein gesprungenes Porzellangefäß. Die Spuren ringsherum ließen zweifelsfrei darauf schließen, daß der Topf irgendeine Säure enthalten hatte. Außerdem lagen hier unten noch ein paar Kupferplatten, Stricke, einige Patronenhülsen und, ganz hinten in einer dunklen Ecke, die dazugehörige Waffe aus glänzendem Stahl. Doch nicht alle Hülsen stammten aus diesem Revolver. Es fehlte nur eine einzige Patrone.

Der junge Mann, der oben in seinem Musikzimmer lag, war mit einer Säure „behandelt" und dann hier unten erschossen worden. Er hatte seine letzten Kräfte zusammengerafft. Um auf die Galerie zu gelangen. Doch warum? Um die Spur auf seinen oder seine Mörder zu lenken? Vielleicht.

Zurück im Atelier, sah ich mir die blutgetränkten Notenblätter genauer an. Der Ring der Nibelungen... Der Fliegende Holländer... Musik von Richard Wagner. Ich spiele in keinem Orchester. Was konnte ich also mit diesen Noten anfangen? Sollten sie mir helfen, den Fall zu lösen? Hieß der Mörder Wagner? Etwas zu simpel. Übrigens: Wie hieß eigentlich der Tote? Was war er von Beruf gewesen?

Vorsichtig öffnete der Kommissar das Jackett, das die Leiche trug. Und sie trug noch etwas anderes. Unter der linken Achselhöhle. Ein leeres Schulterhalfter, das dem Revolver aus dem Keller wie angegossen paßte.

Die Papiere des Toten wiesen ihn als Marius Dufour aus, 35 Jahre, ohne Berufsbezeichnung. Als Wohnsitz war diese Villa angegeben. Marius Dufour! Ein Name, den man an den Wänden des Ateliers und des angrenzenden Schlafzimmers lesen konnte. Na ja, nicht direkt an den Wänden, sondern rechts unten auf den kleinen Radierungen, die dort hingen. Eine Signatur! Höchst anregend für das Herstellen von Zusammenhängen... Doch ich verkniff mir jede Bemerkung. Der Kommissar sah auf die Uhr.

„Na schön", sagte er, „meine Leute scheinen sich Zeit zu lassen. Vielleicht sollten wir inzwischen diesen Dufour von seinen Nachbarn identifizieren lassen?"

„Gute Idee", pflichtete ich ihm bei. „Gleich nebenan, in *La Pergola*, wohnt eine Freundin von mir. Fangen wir doch mit ihr an."

Ich machte mich wieder auf den Weg zu Raymonde Saint-Cernin.

„Wir haben noch eine zweite Leiche gefunden", eröffnete ich ihr. „Es handelt sich um einen gewissen Dufour, Ihren Nachbarn. Kennen Sie ihn?"

„Großer Gott, Monsieur Burma", rief sie und wurde blaß. „Haben Sie keine besseren Nachrichten? Immer eine Katastrophe auf Lager! Eben ein Unbekannter, jetzt ein Nachbar von mir... Ja, ich kannte ihn... vom Sehen. Ich will damit sagen, er gehörte nicht zu meinem Bekanntenkreis. Ein Nachbar, mehr nicht."

Ich beschrieb ihr den Zustand der Leiche.

„Würden Sie ihn eventuell identifizieren?" fragte ich dann.

„Meinen Sie, das ist nötig?"

„Ich gebe ja zu, daß es unangenehm ist. Aber es würde Ihnen Pluspunkte bei Kommissar Pellegrini verschaffen."

„Was wollen Sie damit sagen?" Sie schenkte mir ihr bezauberndstes Lächeln. „Ist meine Situation so heikel, daß ich mich mit der Polizei gutstellen muß?"

Ich spielte mit einer ihrer braunen Locken.

„Verstehen Sie mich recht", antwortete ich. „Flics können sehr ungemütlich werden. Man sollte sich ihren Schikanen nicht freiwillig aussetzen... Wissen Sie, ich bin nicht blind." Ich fuhr mir mit dem Daumen an die Nase und deutete die Geste des Schnupfens an. „Deswegen halte ich es für ratsam, daß Sie zum Kommissar gehen, bevor er zu Ihnen kommt."

Sie warf mir einen komplizenhaften Blick zu.

„Ist das so... offensichtlich?"

„Wenn man genau hinsieht, ja."

Resigniert hob sie die Schultern, zog sich einen Blazer über, zündete sich eine Zigarette an und folgte mir.

Der Anblick der Leiche mit dem verätzten Gesicht ließ sie nicht unbeeindruckt. Schaudernd wendete sie sich ab. Wir fürchteten schon, sie würde umkippen, doch sie fing sich wieder.

„Erkennen Sie in diesen... äh... sterblichen Überresten Ihren Nachbarn Marius Dufour wieder?" fragte Pellegrini feierlich.

Sie bestätigte es durch Kopfnicken und fügte hinzu, daß sie im Verhalten des Toten nie etwas Verdächtiges bemerkt habe. Natürlich kenne sie ihn nicht so genau, um Hinweise auf seine Gewohnheiten geben zu können. Nein, auch sein Beruf sei ihr nicht bekannt.

Da Raymonde Saint-Cernin schon einmal zur Hand war, zeigten wir ihr auch noch die erste Leiche. Sie erklärte, diesen Mann niemals gesehen zu haben.

Wieder alleine in der Totenvilla, sagte Pellegrini augenzwinkernd zu mir:

„Wußte gar nicht, daß Sie mit der Schriftstellerin... äh... verkehren. Meinen Glückwunsch!"

„Kennen Sie sie?"

„Mademoiselle Saint-Cernin kennt hier an der Küste jeder, mein Lieber."

„In welchem Sinne?"

„Aber... Nur im besten, natürlich. Was für eine Frage!"

„Dann verdächtigen Sie die junge Dame also nicht, den Unbekannten und ihren Nachbarn ermordet zu haben?"

„Doch, doch! Könnte ja sein, daß sie mit mir zusammen das Ding eingefädelt hat... Mit dem Abgeordneten unseres Wahlkreises als Komplizen!"

„Nicht so laut!" raunte ich ihm zu. „Da kommt der Arzt."

Draußen hörte man die Stimmen der erkennungsdienstlichen Truppe.

Die Fotografen machten so viele Aufnahmen, wie sie nur

konnten. Die Fingerabdrücke des Toten wurden mit denen auf dem Telefonhörer verglichen. Sie waren identisch. Dann schleppte man die Leiche des Hinkenden herein und legte sie auf den Flügel.

„Natürlicher Tod durch Herzversagen", diagnostizierte der Gerichtsmediziner. „Der Mann hatte ein besonders schwaches Herz. Keine Wunde, weder von einem Schuß noch von einem Messerstich oder einem stumpfen Gegenstand. Sieht so aus, als sei er vor Angst gestorben. Eine plötzliche, heftige Erregung vielleicht."

„Haben Sie seine Finger gesehen?" fragte Pellegrini.

„Ja. Von einer Säure zerfressen. Wahrscheinlich von derselben, die auch die Augen des anderen verätzt hat."

Er wies mit dem Kinn auf die Galerie.

„Ein schwaches Herz", murmelte der Kommissar nachdenklich. „Könnte es sein, daß es durch den Schmerz beim Verätzen überwältigt wurde?"

„Glaub ich nicht. Es muß etwas anderes passiert sein. Mehr kann ich im Augenblick nicht sagen. Die Autopsie wird bestimmt noch einiges andere ergeben. Bevor wir aber zur nächsten Leiche kommen, möchte ich Sie auf die blutunterlaufenen Stellen an Fuß- und Handgelenken hinweisen, Kommissar. Der Mann ist gefesselt worden. Wenn aufgrund des Todes durch Herzversagen auch keine Anklage wegen Mordes erhoben werden kann, so bleiben doch diese Spuren, die auf Mißhandlung..."

„Dieser verdammte Kerl, der uns durch die Lappen gegangen ist!" fauchte Pellegrini, mit Vornamen Ange. „Man sollte ihn..."

Es folgten original korsische Verwünschungen. Währenddessen wurden die Stricke vorsichtig eingetütet, und dann überließ der Hinkende seinen Platz dem verstorbenen Hausherrn.

Marius Dufour war an einer Überdosis blauer Bohnen gestorben. Der Arzt erklärte, die Verätzungen im Gesicht seien zeitgleich wie die an den Fingern des Unbekannten erfolgt. Ich fragte mich, wer wohl den Revolver, aus dem die tödlichen Schüsse gefallen waren, in der Hand gehalten hatte.

„Na?" fragte mich Pellegrini, während die Leichen abtransportiert wurden. „Was halten Sie von der Bescherung, Monsieur Burma? Sie sehen so nachdenklich aus."

„Bin ich auch", gab ich zu. „Macht es Sie nicht stutzig, daß Dufour Radierungen herstellte und in einen Mord verwickelt war? Wenn auch nur als Opfer, aber trotzdem. Oder vielleicht grade deswegen. Sie wissen doch, daß man zum Herstellen von Banknoten – echten wie falschen – einen solchen Fachmann benötigt, oder?"

„Madonna!" rief Pellegrini. „Sie meinen also ..."

„... daß zumindest dieser Mord damit in Zusammenhang steht, jawohl."

Der Kommissar schwieg eine Weile, dann ballte er die Fäuste und knurrte:

„Wenn ich den Kerl zu fassen kriege, werde ich ihn schon zum Sprechen bringen! Die Toten da können leider nichts mehr sagen..." Wütend biß er auf seinen Lippen herum. „Kommen Sie mit? Wir fahren zurück nach Cannes."

Obwohl ich gerne noch ein Wörtchen mit der Schriftstellerin gewechselt hätte, setzte ich mich zum zweiten Mal neben den Korsen in einen Dienstwagen. Während der Fahrt fragte er mich ein gutes Dutzendmal, ob ich tat-säch-lich einen Zusammenhang zwischen dem Mord und der Geldfälscherei sähe. Ebensooft antwortete ich mit Ja. Worauf sich meine Vermutung gründe? Auf Intuition, vermutete ich.

Als wir wieder in Cannes waren, brauchte ich ein Aspirin, um meine Kopfschmerzen – Folge der nervtötenden Unterhaltung – zu bekämpfen.

Die Straßensperren hatten nicht den gewünschten Erfolg gebracht. Sie waren zu spät errichtet worden. Ich ließ den Kommissar mit seiner schlechten Laune alleine und begab mich zum nächsten Taxistand.

„Nach Nizza", sagte ich zu dem Fahrer, dessen Gesicht mich an ein Pferd erinnerte. „Und halten Sie um Gottes willen nicht an, wenn Sie eine Leiche im Straßengraben liegen sehen."

„Wenn ich etwas sehe", erwiderte er, „dann sind es weiße Mäuse und Spinnen. Aber Sie haben Glück: Heute bin ich nüchtern!"

Ich ließ ihn früher anhalten, als ich gedacht hatte.

Auf der Höhe von *Palm Beach* sah ich auf einem Feldweg, der einer Horde Kinder als Spielplatz diente, einen dunklen Renault stehen. Ich erkannte ihn sofort wieder. Der heimatlose Gentleman konnte sich demnach nur in Cannes aufhalten. Es kostete mich einen Telefonanruf, Pellegrini von dem Fund zu berichten. Diesen Gefallen konnte ich ihm wirklich tun, zumal der Dienstwagen früher oder später sowieso entdeckt worden wäre.

In *La Pergola* hörte ich von der Haushälterin, daß Madame weggefahren sei, ohne zu sagen, wann sie wiederkommen werde. Ich fluchte innerlich. Raymonde Saint-Cernin sollte keinen schlechten Eindruck von mir bekommen. Ich wollte ihr so schnell wie möglich alles erklären.

Die Kanzlei von Maître Dianoux in Nizza war geschlossen: Mittagspause. Großzügig, wie ich nun mal bin, lud ich den Taxichauffeur ins Restaurant ein. Nach dem Essen ging ich zurück zur Kanzlei, wo mich der Notar in seinem staubigen Büro empfing. Durch die Regale voller Fachbücher wirkte es noch düsterer.

Der Mann des Gesetzes rieb sich seine weißen, vertrockneten Hände. Ich hätte Glück, sagte er, das ... äh ... Vermächtnis betrage nicht mehr als 5 000 Francs. Das sei nämlich so ungefähr die Summe, die Pierre de Fabrègues bei ihm hinterlegt habe. Das Bild, das der Notar im folgenden Gespräch von seinem verstorbenen Klienten zeichnete, entsprach haargenau dem, das ich mir inzwischen selbst gemacht hatte. Ein schwacher Charakter sei der Graf gewesen, ohne eigenen Willen ...

Ich strich die fünf Scheine ein und machte mich auf die Heimfahrt, die ich nur kurz in *La Pergola* unterbrach.

Madame war aber leider immer noch nicht wieder zu Hause. Ich ließ eine Nachricht mit meiner Adresse zurück.

In Cannes ging ich am Polizeigebäude vorbei. Anscheinend stand Kommissar Pellegrini hinter der Gardine seines Büros und beobachtete die Passanten. Mit dem Versprechen, mir die gerichtsmedizinischen Berichte zu zeigen, lockte er mich in seine Höhle.

Der erste Bericht bezog sich auf den Unbekannten, den ich für einen Engländer hielt. Demnach hatte der Mann seit dem gestrigen Mittag nichts mehr gegessen. Er war also kurz nach unserer Begegnung in der Strauchheide seinen Feinden in die Hände gefallen. Die Autopsie hatte noch etwas anderes ergeben: Dem Unbekannten war ein Mittel mit der komplizierten Bezeichnung *Haimanéosyl* (hergestellt von Dr. Boiffard) gespritzt worden. Und zwar fachgerecht, ohne Fehlversuche. Das Medikament wurde vor allem bei Anämie verabreicht, wobei wegen seiner Nebenwirkungen auf das Herz besondere Vorsicht geboten war. Im Falle des Toten waren die Nebenwirkungen... tödlich gewesen. Und noch etwas stand in dem Bericht: An der Schläfengegend waren Gummipartikel gefunden worden, die von einem oder mehreren Kontakten mit dem Gartenschlauch herrührten. Sonst gab es keine weiteren Anzeichen von Gewalt.

Der zweite Autopsiebericht bezog sich auf Marius Dufour. Er bestätigte schlicht und einfach das, was wir schon wußten.

„Und Ihr Wagen?" fragte ich den Kommissar.

„Vielen Dank, daß Sie uns benachrichtigt haben, Monsieur Burma. Aber ehrlich gesagt, ich hätte lieber seinen letzten Fahrer wiedergefunden..."

„Er hat doch sicher Fingerabdrücke am Lenkrad hinterlassen, oder?" Mir war eine Idee gekommen. „Haben Sie die schon identifiziert?"

„Natürlich nicht! Wir mußten erst auf Nestor Burma warten, damit er uns sagt, was wir zu tun haben. Im Ernst: Wissen Sie, daß inzwischen mindestens fünfzig kleine Lausbuben in dem Wagen *Räuber und Gendarm* gespielt haben?

Suchen Sie mal unter diesen Bedingungen die richtigen Abdrücke!"

Um sich selbst aufzumuntern, verkündete er ohne Übergang triumphierend, daß er seine Zeit jedoch nicht vergeudet habe:

„Der Revolver, den wir im Keller der Villa gefunden haben, gehörte dem Radierer. Wir konnten den Händler ausfindig machen, der ihm die Waffe verkauft hat. Außerdem ist es uns gelungen, den Unbekannten mit dem Klumpfuß zu identifizieren." Er sprach plötzlich leiser, so als koste es ihn Überwindung, mir recht geben zu müssen. „Wir haben sein Foto in alle Hotels und Pensionen geschickt. Er hatte mehrere Tage in der Route de Saint-Cassien gewohnt, im *La Boca*. Den Angaben auf dem Meldezettel zufolge war er aus London gekommen. Gestern nachmittag hat er eine Spazierfahrt unternommen. Wie immer lieh ihm der Sohn des Hotelwirts sein Fahrrad."

„Wie immer?"

„Ja, er ist nicht zum ersten Mal in diesem Hotel abgestiegen. Übrigens, sein Name ist Ronald Kree. Seit zwei Jahren kam er ungefähr alle sechs Monate. Blieb höchstens zwei Tage. Und immer unternahm er eine Radtour. Dieses Mal waren sie jedoch überrascht, ihn so schnell wieder als Gast begrüßen zu können. Seit seinem letzten Aufenthalt waren keine vierzehn Tage vergangen."

„Haben Sie sein Zimmer durchsucht? Sah es so aus, als sei er weggefahren, ohne wiederkommen zu wollen?"

„Ganz im Gegenteil! Wir haben sein Gepäck gefunden – sehr leichtes Gepäck! – , das uns aber keinen weiteren Aufschluß gegeben hat. Eine Reisetasche mit einem Rasierer, einer Zahnbürste, etwas Wäsche und einer Bibel."

„Beruf?"

„Hat sich jedesmal als Handelsreisender eingetragen. Könnte stimmen, so wie der aussah…"

Vor allem sah er wie ein Geistlicher aus, oder wie ein Quäker. Ich versuchte mich zu erinnern, ob ich im Laufe des gestrigen Tages bei irgend jemandem das gleiche Hinken beobachtet hatte. Da das aber nur eine untergeordnete Rolle spielte, verabschiedete ich mich von Pellegrini. Er rief mir noch hinterher, daß das Foto von Ronald Kree an Scotland Yard gegangen sei.

Ich ging zurück in mein Hotel. Dort zog ich die Vorhänge zu, stellte den Ventilator an und streckte mich auf meinem Bett aus. Eigentlich wollte ich bei einer guten Pfeife in Ruhe über alles nachdenken. Doch die Hitze schläferte mich ein.

9
Theorien

Meine Uhr zeigte halb fünf, als jemand an meine Tür klopfte. Es war Hélène. In ihrer Handtasche brachte sie einen Stapel Briefumschläge mit. Ich bat sie, die Ausbeute ihrer Suche auf den Kamin zu legen. Wenigstens zum Feueranmachen im Winter werde man sie brauchen können, fügte ich hinzu. Mir sei ein Denkfehler unterlaufen, daher sei ihre Arbeit umsonst gewesen.

„Ach!“ stieß sie nur hervor. Solche Geständnisse war sie von mir nicht gewöhnt.

„Stellen Sie sich vor, Sie hätten eine Schwester“, forderte ich sie auf. „Kämen Sie auf die Idee, Sie könnten die Polizei davon abhalten, sich um sie zu kümmern, wenn Sie alle Bilder von ihr vernichten? Wenn es sich jedoch um eine flüchtige Bekannte handelt, würde es schon genügen, ihre Adresse zu vernichten, um jede Identifikation unmöglich zu machen. Ja, Hélène, ich habe mich geirrt. Pierre de Fabrègues muß damit gerechnet haben, daß sein Tod die Flics veranlassen würde, sich seinen Bekanntenkreis näher anzusehen. Wenn er alle Adressen vernichtet hat, dann deshalb, weil er wußte, daß Madame X nichts von diesen Nachforschungen zu befürchten hatte. Ich bleibe dabei: Es handelt sich um eine verheiratete Frau. Der Graf hatte sie jedoch erst vor kurzer Zeit kennengelernt, und seine Freunde wußten noch nichts von ihr. Ich bin mir nicht mal sicher, ob Pierre selbst überhaupt ihre Adresse kannte...“

„Warum hat er denn nicht nur diese eine Adresse vernichtet, falls er sie irgendwo aufgeschrieben hatte?“ warf Hélène leise ein.

„Weil besser hält, was doppelt genäht. Und weil man ganz sicher gehen muß. Und weil es noch viele andere Weisheiten dieser Art gibt, die Ihnen jeder Privatflic runterbeten kann. Nur indem er alles verbrannte, konnte er sicher sein, daß nichts mehr herumlag. Und die Spuren hat er verwischt, weil Pellegrini für solche Gedankengebäude nicht scharfsinnig genug ist... Jedenfalls ist die Namenliste, in die wir soviel Hoffnung gesetzt haben, uninteressant geworden. Die Frau, die wir suchen, steht mit Sicherheit nicht darauf. Die Jagd auf die Briefumschläge ist hiermit beendet. Wir müssen uns etwas anderes ausdenken."

„Gott sei Dank!" Hélène atmete auf. „Der Mülleimerjob hat mir sowieso nicht sonderlich behagt." Sie setzte sich, schlug die Beine übereinander und stöhnte wegen der Hitze. „Und das ist noch gar nichts im Vergleich zu dem, was uns Mitte August erwartet!"

„Mitte August, mein Schatz, werden wir in Paris sein", beruhigte ich meine Sekretärin und begann, mir eine Pfeife zu stopfen.

„Hoffentlich nicht, Chef. Ich verrate Ihnen nichts Neues, wenn ich Ihnen sage, daß mir der Süden gefällt. Und wenn ich noch eine Weile hier bin... Tja, Monsieur Burma, ein junges Mädchen wie ich könnte hier interessante Bekanntschaften machen. Zum Beispiel mit André Milandre. Hab ihn heute morgen gesehen und..."

„Von welcher Art Bekanntschaften reden Sie eigentlich? Wenn ich mit diesem komischen Vogel zusammen war, hat er niemanden gegrüßt. Frag mich, ob er auch nur einen einzigen Zweibeiner an der gesamten Küste kennt."

„Vielleicht nicht die Sorte, die Ihnen in den kleinen schäbigen Bars über den Weg laufen. Aber..."

Und sie erzählte mir, daß sie Milandre gesehen habe, wie er gerade an Bord einer hübschen Jacht ging. Der Matrose habe ihn vorschriftsmäßig gegrüßt, und das Schiff sei ausgelaufen, ohne daß Dédé wieder an Land gegangen sei. Es handele sich um die Jacht eines reichen Sackes, der häufiger eine kleine

Spritztour aufs Meer unternehme wie andere eine ... Radtour. Dann fügte sie noch mit einem tiefen Seufzer hinzu, daß man es mit der Agentur *Fiat Lux* weit bringen könne, vorausgesetzt, man kehre ihr den Rücken.

„Der Gedanke ist mir auch schon gekommen, Hélène. Aber nur keinen Neid! Dédé ist so blank wie 'ne Kirchenmaus. Hab ihn schwer in Verdacht, daß er sich von Haus zu Haus und von Jacht zu Jacht durchschnorrt."

In diesem Augenblick wurde an die Tür geklopft. Ich rief „Herein!", und René Leclercq erschien in der Tür. Er kam wie gerufen. Ich hatte Durst.

„Und?" fragte er. „Gibt's was Neues?"

„Jede Menge", antwortete ich. „Wenn Sie uns ein Fläschchen Anis raufbringen, erzähle ich Ihnen 'ne schöne Geschichte."

Kurz darauf stand neben mir auf dem Nachttisch ein Bierglas mit einer opalartigen Flüssigkeit, in der kleine Mini-Eisberge schwammen. Ich trank einen Schluck und begann mit der Schilderung der morgendlichen Ereignisse.

„Und Sie glauben, die beiden Fälle stehen in Zusammenhang?" fragte Leclercq, als ich geendet hatte. Hörte sich an wie Pellegrinis Echo.

„Dufours Beruf bringt mich auf diese Idee. Natürlich können wir ihn für ein Unschuldslamm im Stile Lebrots halten. Genausogut könnte er aber auch Mitglied einer kriminellen Bande gewesen sein. Denken Sie an den Revolver, den er unterm Arm mit sich rumschleppte. Sie müssen zugeben, daß das einigermaßen sonderbar ist. Für mich ist das ein Beweis seiner kriminellen Energie. Und dann sein letzter Kraftakt! Stellen Sie sich das mal vor: Mit einer Ladung Blei im Körper, das Gesicht einschließlich Augen von dieser Säure verbrannt, schwer und leidend sozusagen, hat er trotzdem noch den Willen, die Kraft und die Energie oder wie Sie es sonst noch nennen wollen – von Moral reden wir hier besser nicht! –, hat er das alles noch aufgebracht, um sich vom Keller ins Atelier und von dort auf die Galerie zu schleppen! Wenn das nicht die Leistung eines Profis war ..."

„Allerdings“, stimmte René mir zu. „Ein ängstliches kleines Mädchen ist was anderes.“

„Aber warum?“ fragte Hélène. „Warum dieser Kraftakt?“

„Um auf den oder die Täter hinzuweisen. Nur... Ich fürchte, es hilft uns nicht weiter. Musik von Richard Wagner! Mit dem Indiz könnte Sherlock Holmes vielleicht was anfangen. Ich nicht. Und Pellegrini noch viel weniger, was mich auch nicht tröstet.“

„Und der Hinkende?“ warf Leclercq ein, wobei er die Eiswürfel in seinem Glas hin- und herschwenkte. „Ein Komplize, der auf seinen Reisen eine Ladung falscher Banknoten mitgebracht hat?“

„Stimmt, er ist Engländer“, murmelte Hélène. „In einer Wechselstube sind falsche Pfund Sterling aufgetaucht. Aber finden Sie nicht, daß halbjährliche Lieferungen etwas wenig sind? Und warum sollten seine Komplizen ihn umgebracht haben, Monsieur Leclercq?“

„Die zwei Besuche pro Jahr sind kein Argument. Es lag nicht im Interesse dieser Leute, zu oft das Risiko an der Grenze einzugehen. Was Ihre zweite Frage angeht... Es wäre doch nicht das erste Mal, daß Verbrecher sich streiten und sich gegenseitig umbringen. Außerdem ist auch der Radierer ermordet worden. Und nicht von der Polizei, soviel ich weiß!“

„Stimmt“, mischte ich mich ein. „Und sein Totentanz hinauf auf die Galerie beweist, daß er seine Mörder kannte. Ich tippe auf seine Komplizen oder auf eine rivalisierende Bande.“

„Seltsam“, beharrte Hélène und schnitt eine dementsprechende Grimasse. „Wie vereinbart es sich mit Ihrer Logik, daß Geldfäscher einen Radierer umbringen? *Ihren* Radierer! Solch ein Mann ist nicht nur nützlich für ihren Zweck, sondern unentbehrlich. Und schwer zu ersetzen. Was wir brauchen, ist ein Tatmotiv, das...“

„Heureka!“ rief ich plötzlich und schwang meine Pfeife. „Was braucht ein Radierer, um seine Kunst auszuüben?“

„Seine Hände, natürlich! Was ...“

„Und seine Augen, liebe Leute. Seine Augen! Folglich war Dufour plötzlich erblindet. Das Tatmotiv, Hélène! Der Radierer war für die Geldfälscher sozusagen ein blinder Passagier geworden, den sie sich vom Halse schaffen mußten.“

Hélène lachte laut auf.

„Treffender kann man es nicht sagen“, bemerkte sie. Dann wurde sie wieder ernst. „Und wer hat ihn umgebracht? Der Engländer?“

„Der hatte keine Waffe, aber dafür verätzte Finger. Der eine die Augen, der andere die Finger. Das, um es wieder treffend zu sagen, springt ins Auge.“

„Wollen Sie andeuten, daß die beiden sich einen Kampf geliefert haben, bei dem der Hinkende seinem Widersacher Säure ins Gesicht geschüttet hat?“

„Ich will nichts andeuten, sondern bin fest davon überzeugt! Erinnern Sie sich an den Revolver, der im Keller lag? Das Ganze hat sich ungefähr folgendermaßen abgespielt: Ronald Kree lag gefesselt im Keller. In der Nacht konnte er sich von den Stricken befreien, wartete auf seinen Kerkermeister und schüttete ihm Säure ins Gesicht. Der andere zog die Waffe, schoß – nur einmal – und verfehlte sein Ziel. Klar, er konnte nur aufs Geratewohl abdrücken. Dem Engländer gelang es, ihm die Waffe wegzunehmen und sie in eine dunkle Ecke zu schleudern. Dann nahm er die Beine in die Hand und hinkte fort. Nichts wie weg! Er wußte nämlich, daß sich noch ein zweiter Mann im Haus befand. Der hört den Schuß und rennt in den Keller. Sieht Dufour, der soeben sein Augenlicht verloren hat. Vermutlich schreit er vor Schmerzen. Nun haben wir sogar zwei Tatmotive: Seine Schreie könnten die Nachbarn herbeilocken, und er taugt nicht mehr als Hersteller von Blüten. Am besten, man bringt ihn ein für allemal zum Schweigen. Was der Komplize umgehend und brutal erledigt.“

„Danach macht er sich an die Verfolgung des Engländers, setzt ihm die tödliche Spritze, und in diesem Augenblick tauchen Sie und Pellegrini auf.“

„Reden Sie keinen Quatsch, mein lieber Leclercq! Der Gerichtsmediziner hat erklärt, die Spritze sei fachmännisch gesetzt worden. Ich glaube, dazu mußte der Patient schön stillhalten. Zum Beispiel, weil er gefesselt war. Und weiter glaube ich, daß die Spritze ihn nicht töten sollte. Im Gegenteil, würde ich sogar behaupten. Das Medikament ist ein schnell wirkendes Stärkungsmittel. Kree muß ganz schön mitgenommen gewesen sein."

„Mitgenommen?"

„Ja, mitgenommen. K.o.! Vergessen Sie nicht, daß sein Kopf Bekanntschaft mit dem Gartenschlauch gemacht hat. Der Arzt vertritt die Ansicht, daß nur einmal zugeschlagen wurde, um den Engländer kurzfristig außer Gefecht zu setzen. Meine Ansicht dagegen ist es, daß man den Knüppel immer und immer wieder geschwungen hat, stundenlang. Man nehme einen stumpfen, hohlen Gegenstand, schlage in regelmäßigen Abständen auf die Schläfen eines schweigsamen Herrn, den man auf diese Weise zum Reden bringen will. Diese... überzeugende Methode hat den Vorteil, den störrischen Gesprächspartner nicht gleich umzubringen. Kann sein, daß sein Gehirn etwas weichgeklopft wird... Nun, die Folterknechte sehen, daß mit Ronald Kree nicht mehr viel anzufangen ist. Sie fürchten, zu weit gegangen zu sein, und das ist ihnen gar nicht recht. Nicht aus Achtung vor dem menschlichen Leben, oh nein! Aus Angst, nichts aus ihm herauskriegen zu können! Wahrscheinlich sollte der Hinkende ihnen etwas verraten, etwa, wo sich ein bestimmter Gegenstand oder irgendwelche Dokumente oder so was Ähnliches befanden. Auf der Suche danach hatten sie bereits seine Kleider zerrissen und seine Schuhe auseinandergenommen. Wie dem auch sei, sie verabreichen ihm das Stärkungsmittel. Leider machen sie die Rechnung ohne das schwache Herz des Engländers! Es wurde bereits durch die Folter hart auf die Probe gestellt. Jetzt versagte ihm das arme Herz einfach den Dienst."

„Hypothesen", urteilte Leclercq.

„Bis sie bestätigt werden, begnüge ich mich damit“, erwiderte ich genügsam. „Übrigens liefert mir das Mittel einen wichtigen Hinweis auf einen seiner Henker. Das Medikament wurde nicht speziell für diesen Zweck besorgt. Er hatte es bei sich und handelte sozusagen in gutem Glauben an seine Wirkung. Einer der Männer spritzt es sich regelmäßig. Seine Gesundheit läßt also zu wünschen übrig. Dufour war kräftig...“

„Na schön. Dann war dieser Kree demnach ein Feind und nicht ein Komplize der...“

Hélène stieß einen kurzen Schrei aus, so als habe sie eine Erleuchtung. Sie sprang auf und schnippte mit den Fingern. Ihre Augen leuchteten.

„Ein Feind!“ rief sie aufgeregt. „Ein Feind! Ronald Kree war Engländer. Hatte ihn vielleicht Scotland Yard geschickt?“

„Daran habe ich auch schon gedacht.“ Das stimmte zwar nicht, aber ich wollte meinen Ruf als Spürnase nicht verlieren. „Doch würde das die halbjährlichen Reisen an die Côte erklären? Nein. Er sah mehr nach einem Geistlichen aus. Na ja, wir werden's bald erfahren. Pellegrini hat seinen Kollegen in London Krees Foto geschickt.“

Leclercq war der einzige, der noch etwas im Glas hatte. Er holte den Rückstand auf und stellte dann eine seiner ketzerischen Fragen:

„Welche Rolle spielt in Ihrer Theorie der Mann, der im Dienstwagen geflohen ist? Die des zweiten Komplizen, der Dufour erschossen hat?“

„Die Umstände sprechen dafür, nicht wahr? Aber wenn man sie sich näher ansieht, haut es nicht hin. Ich habe Ihnen doch gesagt, wer dieser Mann ist. Ein Haftentlassener aus Nîmes. Zuerst hatte ich die ewige Dreiecksgeschichte im Kopf: eine Frau zwischen zwei Männern. Raymonde, ihr früherer Geliebter Marcel und Dufour, ihr neuer. Verbrechen aus Leidenschaft, dachte ich. Doch dann mußte ich feststellen, daß Raymonde Saint-Cernin Dufour kaum kannte. Darüberhinaus hat Marcel nichts von einem eifersüchtigen Wüterich, sondern mehr von einem Menschen mit verlorenen Illusionen. Nein, die Theorie, die wir eben aufgestellt haben, paßt besser zu den Fakten und zu den Charakteren der Beteiligten. Welche Rolle sollte Mister Kree außerdem in dem Liebesdrama spielen?"

„Und welche Rolle spielt Marcel in der anderen Version?" gab Leclercq lächelnd zurück.

„Marcel war mit einem Turnhemd bekleidet. Oder mit einem altmodischen Badeanzug. Nehmen wir einfach mal an, er wollte an den Strand gehen. Auf halbem Wege begegnet er dem Engländer, der vor seinen Augen zusammenbricht. Ich weiß aus dem belauschten Gespräch mit der Schriftstellerin, daß Marcel Arzt ist. Automatisch beugt er sich über den leblosen Körper. Wie ein Arzt eben. In diesem Augenblick kommen wir unglücklicherweise vorbei. *Wenn man mich anklagen würde, die Türme von Notre Dame geklaut zu haben, würde ich untertauchen.* Ich weiß nicht mehr, wer das gesagt hat. Marcel jedenfalls sieht die Polizeiuniformen und hat nur einen Gedanken: Fliehen! Er kommt gerade aus dem Gefängnis, hat keine Aufenthaltsberechtigung und kann sich ausrechnen, wie man seine Geschichte aufnehmen wird. Also nichts wie weg! Er flieht, und zwar in dem Dienstwagen der Flics! Wenn Sie das gesehen hätten... Allein Pellegrinis Gesicht war die Reise wert!"

„Sagten Sie, Marcel ist Arzt? Nun, die Spritze hat ein Fachmann gegeben..."

„Den Fehler hab ich schon einmal gemacht. Und zwar, als ich Lebrot für den einzigen Grafiker auf der Welt hielt. Nein, es gibt noch andere Grafiker... und andere Ärzte!"

Leclercq sah mich trotzig an, noch nicht so ganz überzeugt. Ich beschloß, ihm den Gnadenstoß zu versetzen.

„Es gibt einen weiteren Beteiligten, den wir noch nicht kennen", fuhr ich fort. „Es ist der Komplize, der Dufour getötet und dem Engländer die Spritze verpaßt hat. Eine unbequeme Frage haben Sie mir nämlich noch nicht gestellt: Was ist aus dem geliehenen Fahrrad geworden? In Dufours Villa steht es nicht. Also ist der Komplize damit abgehauen. Jetzt werden Sie einwenden: Warum hat er nicht den kleinen Ford genommen, der in der Garage stand? Stimmt. Er hat ihn nicht genommen. Warum nicht?"

„Vielleicht kann er nicht Auto fahren?"

„Das wäre die einfachste Erklärung. Zu einfach für meinen Geschmack. Könnte es noch einen anderen Grund geben?" Das Spiel hieß: Wie stelle ich am besten meine Fragen, damit ich sie gleich selbst beantworten kann? „Ja, es gibt einen. Zum Beispiel macht ein Auto mehr Lärm als ein Fahrrad. Und mit so einem Drahtesel kann man querfeldein zur Straße gelangen. Mit dem Ford hätte er den einzigen Feldweg nehmen müssen, an dessen Ende drei Flics und ein Privater warteten. Woher wußte er, daß wir da standen? Weil er Ronald Kree auf den Fersen war und zuerst Marcel und dann unsere kleine Ausflugsgesellschaft gesehen hat. Um einer weiteren verdammten Frage vorzubeugen: Natürlich hatte er vorgehabt, Dufours Leiche verschwinden zu lassen. Das Auftauchen der Polizei hielt ihn davon ab. Ihm blieb nur die Möglichkeit, Reißaus zu nehmen. Und das nahm er dann auch. Reißaus und alles mit, was in der Villa auf die Fälscherbande hätte hindeuten können. Die Schubladen waren in aller Eile leergeräumt worden. Sogar Krees Ausweispapiere hat er mitgehen lassen."

„Wir suchen also einen Unbekannten, von dem wir nur wissen, daß er mit einem geklauten Fahrrad durch die Gegend saust. Sonstige Beschreibungen haben Sie nicht? Zum Beispiel, daß er eine Armbanduhr trägt und die Nase mitten im Gesicht... Ach ja, stimmt! Blutarm ist er, das hatte ich ganz vergessen!"

„Seien Sie bitte nicht so pessimistisch, Monsieur Leclercq", protestierte Hélène.

Wir kamen auf die Schüsse zu sprechen, die auf mich abgegeben worden waren. Doch eine Viertelstunde später waren wir noch nicht weiter. Wir konnten nur vermuten, daß die Fälscherbande mich aus dem Weg räumen wollte. Aber warum?

Weil ich zuviel über sie wußte? Wie kamen die Gangster auf diese Schnapsidee?

Wir ließen die Frage im Raum stehen und beeendeten die Sitzung. Unsere grauen Zellen hatten genug gearbeitet.

Leclercq wurde von seinen beruflichen Pflichten im Hotel festgehalten. Ich lud Hélène ein, mit mir zusammen eine italienische Ratatouille in einem Restaurant zwei Straßen weiter zu probieren. Als wir das Hotel verließen, kam uns ein Bote der Post entgegen. Er brachte einen Eilbrief für Monsieur Burma. Marc Covet, der Redakteur des *Crépuscule* in Paris, hatte auf unser Telefongespräch reagiert. Zwei Gründe hielten mich davon ab, das Kuvert sofort zu öffnen: Erstens mußte Hélène nicht unbedingt wissen, was drin stand; und zweitens hatte ich Hunger. Ich schob den Brief in meine Tasche.

„Könnten Sie sich ein wenig beeilen?" fragte ich meine Sekretärin, die ihre Zucchini auf der Zunge zergehen ließ. „Ich möchte gerne während der Pause im *Eldorado* sein."

Ohne ihre Kaubewegungen zu beschleunigen, fragte sie zurück:

„Was wollen Sie denn dort?"

„Mado Poitevin treffen."

„Ist sie hübsch?"

„Wenn man dünne Bohnenstangen mag, ja. Aber heute abend zieht mich nicht ihr Sex-Appeal zu ihr."

„Sondern?"

„Sie hat behauptet, daß Fabrègues von Jacqueline die Nase voll hatte. Wie Sie wissen, glaube ich das auch. Was ich aber nicht glaube, ist, daß sie ganz alleine darauf gekommen ist. Das traue ich ihr nicht zu. Dennoch... Sie war so verdammt sicher... Also, was ist? Können Sie schneller kauen oder nicht?"

„Ich habe nicht die Absicht, mir den Magen zu ruinieren."

„O.k. Lassen Sie sich ruhig Zeit. Also, dann bis demnächst... am Strand."

Ich eilte zum *Eldorado* und dort direkt hinter die Kulissen. Jacqueline Andrieu freute sich, mich wiederzusehen.

„Wo ist Mado Poitevin?“ fragte ich sie. „Würde gerne fünf Minuten mit ihr sprechen.“

„Was? Wissen Sie das noch nicht? Sie ist heute nachmittag festgenommen worden!“

Meine Pfeife fiel mir aus der Hand und landete in einer riesigen Puderdose.

„Was erzählen Sie da? Festgenommen? Warum?“

Ich hörte mir vage Vermutungen an. Meine Nachforschungen bei Mados anderen Kolleginnen waren ebensowenig von Erfolg gekrönt. Sogar die Garderobenfrau mußte passen. Besser, ich setzte mich direkt mit dem Lieben Gott in Verbindung. In diesem Falle hieß das: mit dem Hauptkommissariat.

Pellegrini war nicht in seinem Büro. Die diensthabenden Beamten waren wie aus Holz. Genauso mitteilsam wie'n Bügelbrett. Mit viel Geduld brachte ich dennoch aus ihnen heraus, daß tatsächlich eine Tänzerin verhaftet worden war. Der Kommissar habe sich nicht sonderlich für den Fall interessiert, und sie (meine Holzköpfe) wüßten nicht, worum es da ging. Ob mir das als vorläufige Erklärung reiche? Ich wollte nicht wegen Beamtenbeleidigung drankommen und zog ab, so schlau wie vorher. Im *Roten Vogel* setzte ich mich hinter ein kleines Bier und dachte nach, im Ohr das Meeresrauschen, im Mund meine Pfeife. Dann nahm ich das Kuvert aus der Tasche und sah mir an, was mein Freund Marc Covet mir mitzuteilen hatte.

10
Der Heimatlose

„Miss Laura Sutton, reiche und exzentrische Engländerin ohne nähere Anverwandte, wohnte am Boulevard du Montparnasse. Eng befreundet mit Tchimoukoff, Maler; Lebreton, Musiker; Darnoux, Filmemacher; Raymonde Saint-Cernin, Schriftstellerin; Marcel Chevalme, Arzt. Eigenartiges Verhalten. Ließ mehrmals verlauten, sie suche nur nach einem geeigneten Mittel, um sich das Leben zu nehmen. Vor drei Jahren, am 12. Juni, tot in ihrer Wohnung aufgefunden. Todesursache: Überdosis Kokain. In den Papieren der Verstorbenen befand sich eine handgeschriebene Notiz, unterzeichnet mit M. und identifiziert als die Handschrift von Dr. Chevalme, in der es hieß, er lasse ihr nun doch das zukommen, was sie schon lange von ihm erbeten habe. Die Anwälte von Laura Sutton (Harock, Harock and Harock, London) bewahrten in ihrer Pariser Kanzlei im Tresor das Testament der Toten auf. Chevalme gehörte zu den Erben. Er als Arzt war auch als einziger aus dem Freundeskreis der Engländerin in der Lage gewesen, das Rauschgift ohne Risiko zu besorgen. Alles deutete auf Chevalmes Schuld hin. Er hatte hohe Schulden und war früher schon mal in eine unsaubere Sache verwickelt gewesen, mußte aber aus Mangel an Beweisen auf freien Fuß gesetzt werden. Stand in schlechtem Ruf. Chevalme gab zu, die Notiz geschrieben und das Rauschgift besorgt zu haben, ohne zu wissen, was das Opfer damit vorhatte. Beteuerte aber hartnäkkig, nicht gewußt zu haben, daß Laura Sutton ihn mit einer beträchtlichen Summe in ihrem Testament bedacht hatte. Urteil: Schuldig wegen Rauschgifthandels, vor allem aber wegen Beihilfe zum Selbstmord, um das Erbe der reichen

Miss Sutton anzutreten. Drei Jahre Gefängnis und fünf Jahre Entzug der Aufenthaltsberechtigung. Während der Arzt im Zentralgefängnis sitzt, beginnt ein anderer, typisch Pariser Prozeß. Entfernte Verwandte fechten das Testament an, in dem das Vermögen von Miss Sutton unter ihre verschiedenen Freunde aufgeteilt wird. Klage abgewiesen."

Ich entzifferte gerade Covets Unterschrift, als der Kellner durch das Lokal brüllte, Monsieur Burma werde am Telefon verlangt.

„Hallo, Monsieur Burma? Da hab ich aber Glück! Im ersten Café, das ich anrufe, sitzen Sie. Hélène hier."

„Hab Ihre Stimme schon erkannt. Nun, sind Sie inzwischen mit dem Essen fertig?"

„Jawohl, Monsieur. Die Verdauung hat bereits eingesetzt. Wollte mich grade ein wenig hinlegen, als... Na ja, hier im Hotel sitzt eine Frau, eine junge Frau, die Sie unbedingt sprechen will. Sieht ziemlich angegriffen aus, so als wär sie krank. Ich wußte gar nicht, daß Sie eine Frau derart verwirren können... Mit Ihrem Gesicht..."

„Ihre unqualifizierten Bemerkungen können Sie sich sparen", bremste ich sie. „Wer ist die Dame? Ist sie blond, brünett oder ein Albino?"

„Ach! So was kennen Sie auch?" gab meine Sekretärin zurück, unbeeindruckt von meiner Bemerkung über unqualifizierte Bemerkungen. „Brünett ist sie, Ihre Verehrerin. Zum Telefonieren fehlen ihr die Kräfte, sie ist völlig geschafft. Vergießt bittere Tränen wegen Ihnen..."

Zuerst sah ich nur die wunderschönen Beine. Raymonde Saint-Cernin lag buchstäblich hingegossen in einem Sessel des Aufenthaltsraumes. Ihr Gesicht war leichenblaß, ihre Nase stach spitz hervor, und ihre glasigen Augen schienen nichts wahrzunehmen. Zwischen ihren zitternden Lippen verglomm langsam eine Zigarette, an der sie nicht zog. Es gehörte nicht viel Phantasie dazu, um sich darüber klarzuwerden, daß die Schriftstellerin ihre tägliche Giftration noch nicht bekommen hatte.

Hélène Chatelain ließ uns alleine. Ich schüttelte Raymonde an den Schultern, um sie ins Leben zurückzuholen.

„Monsieur Burma“, hauchte sie gleichzeitig verzweifelt und verrucht. „Wie gut, daß Sie mir Ihre Adresse hinterlassen haben. Sie sind ein Gentleman... wissen Bescheid... Sie können mir was besorgen.“

Sie stieß einen tiefen Seufzer aus und fuhr dann in einem Zug fort, wie jemand, der Angst hat, ihm könnte vor Beendigung des Satzes die Puste ausgehen.

„Den ganzen Tag über bin ich rumgelaufen, von einem Freund zum andern, aber keiner war zu Hause, alle weggefahren, auch der, der mir die letzten Tage was besorgt hat...“ Wieder holte sie tief Luft, dann schrie sie beinahe: „Er will mir's abgewöhnen! Ich will ja auch da runter, aber man kann doch nicht von heute auf morgen aufhören, einfach so! Jeden Tag etwas weniger, ja... Aber nicht so plötzlich! Das bringt einen um! Vielleicht will er das ja auch! Sich rächen...“

„Wieso sitzen Sie denn überhaupt auf dem trockenen?“ fragte ich. „Haben Sie sich keinen... Vorrat angelegt?“

„Doch, hab gestern was gekriegt... Aber er hat mir's weggenommen. Will, daß ich aufhöre... Er ist mit dem Stoff abgehauen.“

„Wer?“

„Marcel.“

Also hatte der Arzt heute morgen, als wir ihn bei dem toten Engländer überrascht hatten, das Rauschgift bei sich. Ein zusätzlicher Grund, die Flucht zu ergreifen!

„Hat Ihnen jemand das Zeug gebracht?“ Sie nickte. „Wer? Der Hinkende, stimmt's?“

„Der Hinkende? Meinen Sie den Toten, den Sie mir gezeigt haben?“ Sie lachte kurz und unangenehm auf. „Nein, der nicht... Eine... Freundin von mir.“

„Und sie gibt Ihnen nichts mehr?“

„Verschwunden“, flüsterte die Schriftstellerin und machte eine resignierte Handbewegung.

„Werd versuchen, Sie zu versorgen“, versprach ich. „Schnee?“

„Opium."

Vor drei Jahren hatte sie mal 'ne Prise Koks probieren wollen, und jetzt war sie auf *chandoo*. Prima!

„Werd versuchen, Ihnen was zu beschaffen", wiederholte ich.

Sie stellte sich auf ihre wackligen Beine und schmiegte sich an mich. Ich hörte ihr Herz pochen. Ihr schweres Parfüm reichte für einen Rausch.

„Danke", flüsterte sie zärtlich. „Sie sind nett."

Ich preßte meinen Mund auf ihre Lippen. Auch wenn sie ziemlich weggetreten war, kriegte sie noch alles genau mit. Entrüstet machte sie sich von mir los.

„Sie gehen aber schnell ran", bemerkte sie vorwurfsvoll.

„Liegt in der Familie", erklärte ich. „Ich war 'ne Frühgeburt."

Ich ergriff ihren Arm, zog sie aus dem Hotel auf die Straße und rief ein Taxi.

In Cannes gab es nur zwei Männer, die mir meinen speziellen Wunsch erfüllen konnten. Einer von ihnen war Ange Pellegrini, auf den ich aber kaum zählen konnte. Blieb also nur Frédéric Pottier, Frédo für seine Freunde. Ich nannte dem Taxichauffeur die Adresse, die Frédo mir gegeben hatte.

Es war ein vierstöckiges Ziegelsteingebäude, an dessen Fenstern Wäsche zum Trocknen hing. Nicht grade schmutzig, aber ganz bestimmt auch nicht luxuriös. Ein altes Weib stand vor der Haustür und atmete die verschiedenen Gerüche der lauen Sommernacht ein. Die Frau war zwar nicht die Concierge, wußte aber genausogut Bescheid. Monsieur Pottier wohne ganz oben, unterm Dach, klärte sie uns auf.

Wir stiegen eine dunkle Treppe hinauf. Es gab keinerlei Beleuchtung, und bevor wir oben ankamen, hatte ich eine Schachtel Streichhölzer verbraucht. Ein Lichtstrahl kroch unter einer Tür hervor. Ich klopfte, was das Stimmengemurmel drinnen zum Verstummen brachte. Niemand antwortete. Ich trommelte gegen die Tür. Frédos Stimme fragte, wer da sei. Ich nannte meinen Namen.

„Burma?"

Eine ganze Reihe erstklassiger Flüche drückte mehr als nur Überraschung aus.

„Beherrschen Sie sich", bat ich ihn. „Ich bin in Begleitung einer Dame!"

Mein liebenswürdiger Ton paßte gar nicht zu meinem Verhalten. Die eigenartigen Geräusche in der Wohnung gefielen mir nicht, und so nahm ich für alle Fälle meine *Automatic* in die Hand. Raymonde Saint-Cernin hatte den Höhepunkt ihrer Entzugserscheinungen erreicht und wurde immer ungeduldiger.

„Los, öffnen Sie schon!" flehte sie und schlug mit ihren kleinen Fäusten gegen die Tür.

Drinnen herrschte wieder Stille. Dann sagte eine Stimme, die nicht zu Frédo gehörte:

„Bist du's, Raymonde?"

„Ja", antwortete sie ohne einen Anflug von Überraschung.

In der Wohnung gab es einen kurzen Wortwechsel, ich hörte Frédo sagen: „Wie Sie wünschen", Riegel wurden zurückgeschoben, und die Tür öffnete sich. An Frédos nacktem, tätowiertem Arm hing ein funkelnagelneuer 7.35er.

Hinter ihm stand der Mann, der gar keine Berechtigung hatte, sich hier aufzuhalten, eine Gauloise im Mund, das linke Auge zugekniffen, um es vor dem Rauch zu schützen. Unter der geöffneten Dachluke stand ein Stuhl.

Wie eine Wahnsinnige stürzte Raymonde in die Arme von Marcel Chevalme. Frédo bedeutete mir durch eine Bewegung des Revolverlaufs, ins Zimmer zu treten. Ich war überzeugt, daß er zum ersten Mal solch eine Waffe aus der Nähe sah, was nur um so gefährlicher war.

„Unsere Kanonen starren sich an wie zwei Kaminhunde", lachte ich. „Wir müssen ziemlich blöd aussehen! Wenn Sie aufhören würden, mich wie einen falschen Priester zu behandeln, könnten wir die Dinger wegstecken."

Als Vorleistung ließ ich meine *Automatic* in den Tiefen meiner Jackentasche verschwinden.

„Ich glaube, das können Sie auch tun“, sagte Marcel. „Raymonde hat mir grade erzählt, was der Flic hier will.“

„Wie Sie meinen“, knurrte Frédo, den ich in dieser Rolle noch nicht kennengelernt hatte.

Sein 7.35er verschwand.

„Setzen Sie sich“, lud er mich ein. „Wenn Sie aber gekommen sind, um Marcel mitzunehmen... Bin kein guter Schütze, doch aus dieser Entfernung werd ich Sie wohl treffen!“

„Reizende Aussichten“, seufzte ich und ließ mich auf den Stuhl fallen. „Was veranlaßt Sie, den Schutzengel zu spielen? Verdanken Sie dem Herrn da soviel?... Ach ja, das ist bestimmt der nette Kerl aus Nîmes, der für Sie in Einzelhaft gesessen hat, stimmt's? Na ja, Dankbarkeit ist eine Zier... Hören Sie, Chevalme...“ Der Angesprochene fuhr hoch. „Überrascht, daß ich Ihren Namen kenne? Nein, Madame Saint-Cernin hat ihn mir nicht verraten. Werd Ihnen später erzählen, was ich sonst noch so über Sie weiß. Hab die Informationen heute ganz frisch aus Paris gekriegt.“ Ich zog Covets Brief hervor und reichte ihn dem Arzt. „Übrigens, ich bin von Ihrer Unschuld genauso überzeugt wie Sie! Doch deswegen bin ich gar nicht hier. Sagen Sie, Chevalme, haben Sie das Opium bei sich, das Sie Ihrer Freundin weggenommen haben?“

Er nahm die schwarze Wachstuchtasche, die ich heute morgen bei ihm gesehen hatte, und brachte ein kleines Päckchen zum Vorschein.

„Hab's ganz vergessen“, sagte er.

Als die Frau das Rauschgift in greifbarer Nähe sah, wurde ihr Zittern immer schlimmer.

„Geben Sie ihr die nötige Dosis“, forderte ich Chevalme auf. „Sie soll sie in aller Ruhe rauchen.“

„Ich begleite Sie“, sagte er zu Raymonde.

„Genau! Um den Flics in die Arme zu laufen? Vielleicht ist es Ihnen nicht bekannt, daß Pellegrini (das ist der Flic, den Sie in den Staub geschickt haben!) wegen Mordes nach Ihnen fahnden läßt.“

„Wegen… was?“ rief Marcel. „Das ist doch absurd! Der Kerl ist mir in der Heide entgegengekommen. Ich wollte ihn ansprechen, aber er ist in Richtung Straße gerannt, wohl aus Angst. Warum ich hinter ihm hergelaufen bin, weiß ich selbst nicht. Da ist er zusammengebrochen, ganz plötzlich. Hab sofort erkannt, daß sein Herz nicht das allerbeste war. Ein Arzt sieht so was… Aber ich habe nichts damit zu tun!“

„Und warum sind Sie dann abgehauen?“

Ich wußte die Antwort, wollte sie aber von ihm persönlich hören. In dem sarkastischen Ton, den ich bereits von ihm kannte, bestätigte er meine Vermutungen.

„Außerdem wollte ich Raymonde nicht kompromittieren“, fügte er hinzu.

„Und dann haben Sie sich daran erinnert, daß Pottier in dieser Stadt wohnt?“

„Ja. Ich habe ihn gebeten, mich zu verstecken.“

„Und jetzt wollen Sie Madame Saint-Cernin nach Hause begleiten und den Flics in die Arme laufen? Seien Sie nicht blöd! Wir wissen inzwischen, aus welchem Haus der Mann kam, der vor ihren Füßen gestorben ist. In der betreffenden Villa lag noch eine zweite Leiche. Und bei der ging es nicht um plötzliches Herzversagen! Der Mann ist ermordet worden, und deswegen sucht Pellegrini nach Ihnen. Und was der Kommissar sich in den Kopf setzt…“

Chevalme strich sich über den Dreitagebart. Im nachhinein war er wohl froh, das Weite gesucht zu haben.

„Das Beste wird sein, sich erst mal hier zu verstecken“, riet ich ihm. „In ein paar Tagen wird der Kommissar zu neuen Erkenntnissen kommen… Hoffe ich wenigstens… Dann können Sie sich immer noch in günstigere Gefilde absetzen… Ich werde jetzt Madame Saint-Cernin in ihr Paradies begleiten. Apropos: Sie wollten sie entwöhnen, nicht wahr? Gut, ich werde jeden Tag eine immer kleinere Ration abholen… oder abholen lassen.“

„Um den Kontakt nicht zu verlieren, was?“ lachte der Tätowierte.

„Was soll's, mir ist nichts Weltliches fremd", erwiderte ich achselzuckend.

Die Schriftstellerin umarmte den Arzt leidenschaftlich. Meine heimliche Liebe auf den ersten Blick konnte ich zu Grabe tragen! Ich gab den beiden Männern die Hand. Der Händedruck von Chevalme war vertrauensvoll, der von Pottier eher reserviert. Sein langer, dünner Arm mit den bläulichen Figuren wehrte sich feindselig dagegen. In dem verschlossenen Gesicht blitzten seine Augen wenig liebevoll.

„Nutzen Sie die Gelegenheit, einen Arzt im Hause zu haben", riet ich ihm. „Lassen Sie sich von Ihrem Schützling mal gründlich untersuchen! Sie halten sich doch nur noch aus Gewohnheit auf den Beinen. Eine *Haimanéosyl*-Kur würde Ihnen guttun!"

„Was geht Sie meine Gesundheit an?" fauchte Frédo. „Und *Haimanéosyl*... Haben Sie Aktien in dem Unternehmen?"

„Nein, hab nur gehört, es soll Wunder wirken."

„Drei Packungen hab ich mir gespritzt, aber Wunder sind nicht passiert..."

„Drei Packungen!" Ich war platt. „Also wirklich, das ist ja allerhand. So was nennt man Zufall! Es sind schon Leute wegen weniger aufgehängt worden..."

Sprachlos lief ich hinter Raymonde her, die bereits eine Etage Vorsprung hatte.

Das Taxi brachte uns zu ihrer Villa. Ich bat den Chauffeur zu warten, übergab das Nervenbündel der treusorgenden Haushälterin und ging zum Taxi zurück.

Der Fahrer sprach mit einem Mann, der mir plötzlich mit seiner Taschenlampe ins Gesicht leuchtete. Es war ein Flic, der mir sofort eine ganze Reihe neugieriger Fragen stellte. Von oben herab verwies ich ihn auf Kommissar Pellegrini, mit dem ich befreundet sei. Der Ton der Unterhaltung wurde zunehmend giftiger, und schließlich begaben wir uns in Dufours Villa, wo der Korse gerade eine nächtliche Nachuntersuchung veranstaltete.

Zur großen Verwirrung des eifrigen Polizisten, der mich für

einen erstklassigen Fang gehalten hatte, zeigte sich Pellegrini entzückt, mich zu sehen. Ich mußte einige plumpe Scherze über mich ergehen lassen. („Was tut ein Herr fortgeschrittenen Alters zu ebenso fortgeschrittener Stunde bei einer alleinstehenden Dame?") Dann zeigte er mir ein Notizbuch, in dem eine Menge uninteressanter Dinge standen, unter anderem der Name Pierre de Fabrègues.

„Und was schließen Sie daraus?" fragte ich unwillig.

„Daß der Graf und der Grafiker miteinander in Verbindung standen."

Ich bat um Erlaubnis, das Telefon benutzen zu dürfen. Ich durfte. Meine Unterhaltung mit Robert de Fabrègues war kurz. Er konnte mir nicht sagen, ob sein Bruder einen Marius Dufour gekannt hatte; er jedenfalls höre den Namen zum ersten Mal.

„Kommen Sie voran?" erkundigte sich Pellegrini grinsend, nachdem ich aufgelegt hatte.

„Ganz im Gegenteil", knurrte ich, „Zufrieden?"

„Machen Sie mich nicht schlechter, als ich bin", lachte er. „Wissen Sie, warum wir hier sind?"

Da war es, das Haar in der Suppe! Der Kommissar verbarg etwas. Ich setzte mein dümmstes Gesicht auf, legte eine Hand hinter mein linkes Ohr und lauschte.

„Wir sind hier", dozierte der Korse, „weil wir die Erfahrung gemacht haben, daß Nachuntersuchungen ihr Gutes haben. Irgend etwas übersieht man immer beim ersten Mal." Triumphierend klopfte er auf das Notizbuch. „Und das trifft nicht nur in bezug auf Marius Dufour zu, sondern in nicht geringerem Maße auch auf Ronald Kree." Bedeutungsvolle Pause. „Wir haben uns nämlich mal seine Bibel etwas näher angesehen", fuhr er dann fort. „In dem Einband befindet sich ein Geheimfach, in dem wir ... Na, was meinen Sie, was wir da drin gefunden haben?"

„Bin ich Jesus?" fragte ich zurück.

„Eine Banknote zu 1000 Francs und eine zu 5 Pfund Sterling!" rief Pellegrini. „Zwei schöne, richtig falsche Banknoten!"

„Ach!“

Mehr fiel mir dazu nicht ein. Ich machte den Kommissar darauf aufmerksam, daß der Taxameter in meinem Taxi weiterlief, und äußerte die Befürchtung, daß er mir die Blüten aus der getürkten Bibel pumpen müsse, wenn ich mich nicht von der Truppe entfernen dürfe.

Während der Rückfahrt dachte ich darüber nach, ob es vielleicht die falschen Banknoten gewesen waren, nach denen Ronald Krees Quälgeister so krampfhaft gesucht hatten. Aber war das nicht seltsam? Was wollten diese Leute mit zwei jämmerlichen Blüten? Sie, die sie doch schließlich fabriziert hatten?

11
Ein Journalist namens Deroy

Ich schlief schlecht und wachte früh auf. Nachdem ich meine Träume noch ein Weilchen auf mich hatte wirken lassen, duschte ich, zog mich an und ging zu Hélène. Meine Sekretärin trällerte gutgelaunt vor sich hin. Ich gab ihr die Adressen von Frédo und Raymonde. Vor dem ersteren warnte ich sie entsprechend, damit er sie nicht durchlöchere wie ein Sieb.

„Bei ihm werden Sie Marcel Chevalme antreffen", erklärte ich ihr. „Er wird Ihnen ein kleines Päckchen für die Schriftstellerin mitgeben. Vermeiden Sie von da an jedes auffällige Benehmen, um nicht die Aufmerksamkeit der Flics zu erregen. Ich bin zwar erfinderisch, wüßte aber nicht, wie ich Pellegrini klarmachen sollte, daß Sie mit einer Tagesration Opium durch die Gegend laufen."

Hélène hörte sich die Empfehlungen geduldig an.

„Und was tun Sie in der Zeit?" fragte sie dann.

„Keine Ahnung", antwortete ich.

Das entsprach exakt der Wahrheit. Ich zündete mir eine Pfeife an und ging an den Strand, um Meeresluft zu schnuppern. Mit der Morgenausgabe des *Littoral* setzte ich mich auf die Terrasse eines kleinen Cafés. Das Drama in der Strauchheide war groß aufgemacht, doch der Text enthüllte nichts Sensationelles. Reine Zeilenschinderei.

Mit hurtiger Feder forderte der Redakteur empört die „totale Säuberung" der Côte. Er sei froh über die Razzia, die die Polizei kürzlich in bestimmten Kreisen vorgenommen habe. Auf diese Weise sei eine Bande von Drogenhändlern aufgeflogen. Auf der nachfolgenden Liste festgenommener Personen befand sich auch der Name von Madeleine Poitevin.

Das brachte mich auf eine Idee. Ich faltete die Zeitung zusammen und ging zum Telefon.

Der redselige Korse ließ mich überhaupt nicht zu Wort kommen. Legte sofort mit den Neuigkeiten los, die er für mich bereithielt. Nachdem er mir mitgeteilt hatte, daß Ronald Krees Fahrrad auf einem unbebauten Gelände gefunden worden war, fuhr er fort:

„Und was Ihr Attentat betrifft: Ich habe das Vernehmungsprotokoll des Nachtwächters der Baustelle gelesen. Der Mann behauptet, der Schütze könne unmöglich durch sein Gebiet gekommen sein. Gibt zwar zu, daß er unmittelbar vor den Schüssen – die er gehört habe – nicht auf seinem Posten gewesen sei, und räumt ein, daß der Täter eventuell das Gerüst hochgeklettert sein könne. Doch nach den Schüssen sei er keinesfalls denselben Weg runtergeklettert! Der Nachtwächter schwört, sofort nach dem Attentat auf seinem Posten gestanden zu haben. Wir haben Erkundigungen über ihn eingezogen. Es gibt keinen Grund, dem Mann nicht zu glauben. Er ist ein komischer Kauz, dabei aber ein ehrenwerter Bürger."

„Dann muß mein Jäger einen anderen Fluchtweg gewählt haben", schloß ich, um dann auf die Tänzerin zu sprechen zu kommen. „Könnten Sie mir eine Besuchserlaubnis besorgen?" fragte ich den Kommissar.

„Ich brauche Sie wohl nicht nach dem Grund für ein Rendezvous zu fragen, oder?" bemerkte er in einem Ton, der mir gar nicht gefiel. „So langsam kenne ich Sie... Keine Antwort? Haben Sie eine bestimmte Theorie?"

An Theorien herrsche bei mir kein Mangel, erwiderte ich ausweichend, jedoch sei ich nicht bereit, mit ihm über ungelegte Eier zu sprechen.

„Unter diesen Umständen können Sie sehen, wo Sie einen Erlaubnisschein herkriegen. Von mir nicht!"

Sprach's und legte auf. Ich schnappte mir das Telefonbuch und suchte Raymondes Nummer heraus. Doch ich hatte wieder mal vergessen, daß es in *La Pergola* mit der Verbindung haperte. Ich gestattete mir ein paar wenig schmeichelhafte

Bemerkungen über die Langsamkeit südlicher Telefontechniker, die sich mit der Reparatur defekter Apparate Zeit ließen. Dann verließ ich das Café.

Draußen wurde ich von zwei jungen Kichererbsen überholt. Ein ziemlich häßlicher Kerl mit Pickelgesicht folgte ihnen, eine Kamera in der Hand. Seine Jacke war mit Schreibgeräten vollgestopft.

Ich ging weiter. Eine angenehme Meeresbrise blies mir ins Gesicht. Im Hafen legte gerade eine Jacht an. Ich beobachtete das Manöver... und mußte zugeben, daß Hélène sich nicht geirrt hatte: Über den Laufsteg der prächtigen Luxusjacht spazierte André Milandre an Land. Er sah zufrieden aus. Innerlich bedauerte ich – allerdings nicht übermäßig – die Brieftasche des Besitzers der Jacht, die den stolzen Namen *Der Fliegende Holländer* trug.

Ich setzte meinen Hafenrundgang fort. An Bord ihres Segelschiffes drehten die Filmemacher weitere Szenen.

Plötzlich verspürte ich einen schrecklichen Durst. Ich stürzte in das nächste Bistro, das ich sah, und trank hintereinander zwei Kognak an der Theke. Neben mir standen zwei junge Kerle mit Spitzbubengesichtern. Ihre blauen Overalls waren offensichtlich noch nie mit so etwas Entwürdigendem wie Arbeit in Berührung gekommen. Die beiden ließen sich lang und breit über imponierende Sportarten aus, während sie auf gelblichen Zigarettenkippen herumkauten. Dabei waren es schmächtige Würstchen und alles andere als athletisch gebaut. Aber Sport, das war ihre Leidenschaft!

Ich ließ sie mit ihrer anregenden Diskussion an der Theke stehen und ging zurück ins *Hôtel du Cirque*. Dort begab ich mich in mein ehemaliges Zimmer, in dem es blaue Bohnen geregnet hatte, und lehnte mich aus dem Fenster. Da der Attentäter höchstwahrscheinlich nicht den Weg über die Baustelle genommen hatte, mußte ich nach etwas anderem Ausschau halten. Gegenüber erhob sich das zweistöckige Flachgebäude. Links befand sich eine hohe Mauer, rechts eine Art Schuppen. Von dort aus konnte man durchaus das Flachdach erreichen. Und dann brauchte man nur zu warten, bis das Opfer das Licht anknipste...

War der Schütze folglich ein Gast dieses Hotels gewesen?

Ja, ein Durchgangsreisender... mit speziellem Auftrag!

Nun gab es aber nicht so furchtbar viele Leute, die diese Kletterpartie absolvieren konnten. Um so besser. Das vereinfachte meine Ermittlungen.

Ein Artist? Als ich die Segeljacht der Filmleute gesehen hatte, war mir sofort wieder der Klettermaxe eingefallen, den ich gestern dort hatte herumturnen sehen.

Aus welchem Zimmer des Hotels konnte man am bequemsten auf die Mauer oder auf den Schuppen gelangen? Ich ging hinunter, um mich bei meinem Freund zu erkundigen.

Réné Leclercq war nicht in seinem Büro, doch der Angestellte gab mir bereitwillig Auskunft. Das Zimmer, das mich interessierte, hatte die Nummer 72. Es war zur Zeit nicht belegt. Wer hatte in der betreffenden Nacht dort gewohnt? Das Anmeldebuch half mir nicht weiter. Es wurde ziemlich schlampig geführt. Ich zum Beispiel war nun schon seit drei Tagen hier und hatte immer noch nicht meinen Zettel ausgefüllt. Nachlässigkeit schien eine Spezialität des Hauses zu sein. Verdammt ärgerlich. Ich nahm mir vor, Leclercq persönlich zu fragen. Vielleicht wußte aber auch der Nachtportier besser Bescheid als dieser Angestellte hier. Ich hinterließ Hélène eine Nachricht und ging wieder in das Bistro, in dem ich die beiden Sportfanatiker getroffen hatte.

Sie standen immer noch an der Theke. Klar, von Arbeit hielten sie nicht viel! Um mich in ihre Kreise einzuschleichen, besorgte ich mir eine Schachtel Gitanes. Ich bot ihnen eine Zigarette an und durfte nun ebenfalls meine Weisheiten über Sport loswerden. Unmerklich lenkte ich das Gespräch auf das Thema, das mich im Augenblick interessierte.

Ob sie den Artisten auf der *Mary Celeste* gesehen hätten? Allerdings? Ein As, was? Nein, er gehöre nicht zu der Filmtruppe. Übrigens sei er gar kein richtiger Artist, sondern einfacher Matrose. Von hier? Ja. Auf welcher Jacht er arbeite, wollte ich wissen. Doch das konnten mir die beiden Tagediebe nicht sagen.

Ich verabschiedete mich. Ein Matrose? Das paßte. Das paßte immer besser!

Im *Roten Vogel* hatte ich grade mal Zeit, mich hinzusetzen, ein Bier zu bestellen und meine Pfeife zu stopfen, da wurde ich auch schon ans Telefon gerufen. Hélène hatte meine Nachricht im Hotel gelesen.

„Ich komme soeben von... Na, Sie wissen schon", sagte sie. „Hab die Ware abgeliefert. Alles o.k. Was Neues?"

„Was Neues?" äffte ich sie nach. „Für die Assistentin eines Privatflics sind Sie eine miserable Beobachterin! Gestern ist Ihnen etwas Wichtiges entgangen... Nein, das verrate ich Ihnen nicht. Strengen Sie Ihr Gehirn an! Sind Sie eine Mitarbeiterin der Agentur *Fiat Lux* oder nicht?"

„Hab Sie schon lange nicht mehr so böse erlebt", bemerkte sie trocken. „Macht richtig Spaß, Ihnen zuzuhören! Gute Nachrichten, was?"

Ich machte meinem Ärger Luft, während Hélène sich am anderen Ende vor Heiterkeit kaum lassen konnte. Ich knallte den Hörer auf die Gabel. Sollte sie doch herumflirten, mit wem sie wollte!

Ich machte mich auf den Weg zu Dédé Milandre. Vielleicht hielt er für mich eine Erfrischung bereit. Auf mein Klingeln hin rührte sich erst einmal nichts. Dann erschien mein ehemaliger Mitarbeiter an einem Fenster der ersten Etage.

„Oh, Sie sind's, Burma?" rief er. „Ich komme!"

Quietschend öffnete sich kurz darauf die Haustür.

„Haben Sie was zu trinken da?" fragte ich statt einer Begrüßung.

„Aber immer! Was führt Sie denn außer Ihrem Durst zu mir? Wollen Sie mir des Rätsels Lösung präsentieren?"

„Noch bin ich nicht soweit. Hab mir nur 'n Stündchen freigenommen. Mir brummt der Schädel."

Dédés Augen hinter der Hornbrille lächelten müde, und er führte mich in die erste Etage... geradewegs in sein Schlafzimmer. Ein leichter Naphtalingeruch empfing uns in dem schmutzigen, unordentlichen Raum. In der geschlossenen Schranktür klemmte ein Wäschestück.

„Lassen Sie mich nicht zappeln", bat Dédé. „Wie weit sind Sie?"

„Am toten Punkt", gestand ich.

„Solche Ausdrücke gebraucht man bei der Untersuchung von Verbrechen", bemerkte er.

Er nahm einen Schlüssel vom Tisch und ließ ihn in die Tasche seiner weiten, hellen Jacke gleiten, in der noch andere Schlüssel klimperten. Ich fragte ihn nach dem versprochenen Drink.

„Sofort", beruhigte er mich. „Immer mit der Ruhe."

Er ging hinaus und kam mit einer Flasche Weinbrand und zwei Senfgläsern zurück. Nachdem er eingeschenkt hatte, setzte er sich auf sein Bett und reckte mir sein neugieriges Gesicht entgegen. Ich trank einen Schluck, stellte mein Glas auf den Tisch und klopfte meine Pfeife an der Schuhsohle aus. Der Boden war sowieso schon dreckig, da kam es auf das bißchen Asche auch nicht mehr an! Ich stopfte mir eine neue Pfeife und sagte so unbefangen wie möglich:

„Im Ernst, ich komme nicht voran. Jeder Tag bringt neue Geheimnisse! Cannes wird Nestor Burmas Untergang, und erzählen Sie mir bloß nichts von den Schönheiten der Côte d'Azur!"

„Alkohol macht Sie heute anscheinend nicht fröhlich. Nestor Burmas Untergang? Wie meinen Sie das?"

„Genauso, wie ich's gesagt habe: Jeden Tag neue Geheimnisse! Ich kann sie einfach nicht knacken! Beruflich bin ich so gut wie am Ende, mein Ruf wird für immer ruiniert sein..."

Dédé lachte schallend.

„Sie müssen wirklich schreckliche Enttäuschungen erlebt haben! Nestor Burmas Untergang! Gibt es überhaupt irgendeinen Fall, den Sie nicht mit Bravour gelöst hätten?"

„Keinen einzigen! Dieser hier ist der erste."

„Einmal ist keinmal", tröstete er mich.

„Sehr witzig! Geben Sie mir mal die Flasche rüber, ich muß mich daran festhalten."

Ich jammerte ihm noch eine Weile was vor, dann verabschiedete ich mich. Er begleitete mich hinaus.

„Wenn sich was Neues ergibt..."

„... dann sind Sie der erste, den ich's wissen lasse. Aber im Augenblick... Null!"

In einem Bistro trank ich zwei *Pastis*, um den Weinbrandgeschmack zu verjagen. Dann rauchte ich mehrere Pfeifen, um den Pastisgeschmack zu verjagen. Und dann ging ich essen, um die gesamte Geschmacksmischung loszuwerden. Nach dem Essen nahm ich mir vor, anstatt dieses oder jenes zu verjagen, das Wort wörtlich zu nehmen und mich auf die Jagd von verbrecherischen Banknotenfälschern zu begeben. Aber das war eine entschieden kniffligere Angelegenheit.

Ich ließ meine grauen Zellen arbeiten und machte mich dann auf den Weg zu Kommissar Pellegrini. Ich brauchte dringend seine Unterstützung. Der Korse saß mißmutig in seinem Büro. Er machte ein Gesicht wie drei Tage Regenwetter, und sein Akzent war korsischer denn je. In der Hand hielt er eine Zeitung.

„Freut mich, Sie zu sehen", brummte er. Man hätte das Gegenteil annehmen können! „Da Sie für Publicity sorgen, scheint ja ein guter Ausgang des Falles nicht mehr weit! Gut für Sie, schlecht für uns. Wollen Sie uns die Schau stehlen, Burma? Was soll dieses Affentheater?"

„Eine andere Frage: Was soll diese Begrüßung?" gab ich zurück. „Haben Sie 'ne neue Rhetorik-Schule gegründet? Wollen Sie mir, bitte schön, Ihren Anpfiff erklären?"

„Mit 'ner neuen Phrase oder mit diesem Foto hier?"

Wütend knallte er die aufgeschlagene Zeitung auf den Tisch.

„Verdammt!" entfuhr es mir.

Die erste Seite der Extraausgabe des *Littoral* zeigte mich in voller Aktion. Am rechten Fotorand war ein fliehendes Frauenbein mit Schuh zu sehen. Das erinnerte mich an etwas. Überschrift und Text verschlugen mir die Sprache.

Was macht Nestor Burma an der Côte?

Die Anwesenheit des berühmten Privatdetektivs Nestor Burma läßt die Kriminellen in unserer Gegend zittern. Wieder einmal ist Dynamit-Burma dabei, ein Geheimnis k.o. zu schlagen.

Mit ausgesuchter Frechheit ließ sich der Verfasser des Artikels über meine Person aus, so als hätten wir bei derselben Amme an der Brust genuckelt. Ließ doch tatsächlich durchblicken, ich hätte ihm ein Berufsgeheimnis anvertraut! Es sei nur noch eine Frage von Stunden, bis... Dann nahm er die örtliche Polizei aufs Korn, deren, wie er schrieb,

...pure Unfähigkeit wir aus unserem Berufsverständnis heraus einfach nicht verschweigen können, auch wenn wir diesen Umstand zutiefst beklagen. Auf ihrer Habenseite kann sie z.Zt. lediglich die Festnahme einiger kleiner Drogenhändler verbuchen. Doch was bedeutet das schon angesichts der wichtigen Aufgabe, die sie zu lösen hat? Nichts! Gott sei Dank befindet sich Nestor „Dynamit" Burma in unserer Stadt. Verbrecherische Geldfälscher und ihre Helfershelfer, die seit einigen Monaten ihr Unwesen treiben, können sich noch lange nicht in Sicherheit wiegen! Wie immer hat Monsieur Burma das letzte Wort. Eine alte Gewohnheit, der er auch diesmal treu bleiben wird.

„Da haben Sie's mir aber gegeben", knurrte Pellegrini aufgebracht.

„Ich habe nichts mit diesem Artikel zu tun", widersprach ich. „Ob sie mir glauben oder nicht, ist mir scheißegal. Doch eins können Sie mir ruhig glauben: Der Lärm um meine Person behagt mir überhaupt nicht! Diesem Papiertiger werd ich auf die Bude rücken. Immer läuft einem irgend so'n Journalist zwischen den Beinen rum, wenn man in aller Ruhe arbeiten will!"

„In aller Ruhe?" lachte der Kommissar hämisch. „Sagten Sie: in aller Ruhe? Madonna!"

Ich gab es auf, ihn von meiner Unschuld überzeugen zu wollen. Genauso überflüssig war es, ihn um den Gefallen zu bitten, den ich mir erhofft hatte. Er hätte mich todsicher zur Hölle geschickt, direkt zu des Teufels Großmutter. Ich suchte das Weite.

Meine Versuche, Hélène telefonisch zu erreichen, kosteten mich ein halbes Vermögen und brachten nichts ein. Leclercq hatte sich ebenfalls in Luft aufgelöst. Entmutigt beschloß ich, den Dingen ihren Lauf zu lassen. Mit der soeben gewonnenen Freizeit wußte ich schon etwas anzufangen: Ich würde diesen Schreiberling vom *Littoral* aufsuchen und ihm den Marsch blasen.

Ich nahm ein Taxi und fuhr nach Nizza zur Redaktion des Käseblatts.

Im *Littoral* erkundigte ich mich nach Albert Deroy. Das war der Name des Enthüllungsjournalisten. Man sagte mir, ich könne ihn in der Bar finden. Dort brauchte ich niemanden zu fragen. Das Pickelgesicht erkannte ich auf den ersten Blick. Ohne weitere Umschweife ging ich zum Angriff über.

„Sie haben doch heute morgen das sensationellste Foto Ihrer Karriere geschossen, stimmt's?" begann ich. „Sollte der Käse, den Sie dazu verzapft haben, mich um die Früchte mehrerer Arbeitstage bringen, werden Sie's mir teuer bezahlen!"

„Erfreut, Ihre Bekanntschaft zu machen, Monsieur Burma", erwiderte er ungerührt. „Schön zu sehen, daß Sie so dynamisch sind, wie erzählt wird. Wir zwei werden uns verstehen, das spür ich! Meine Arbeitsweise ist eher amerikanisch. Wie finden Sie meinen Artikel?"

„Ausgezeichnet... Ihrer Meinung nach. Ich sehe das etwas anders. Kommissar Pellegrini übrigens auch. Hat das Gefühl, daß ich meine Beziehungen spielen lasse, um einen Hampelmann aus ihm zu machen. Jede Information oder Unterstützung von seiner Seite kann ich von jetzt an vergessen. Und die Kriminellen dieser Gegend denken, ich blase zum großen Halali und... Teufel nochmal!" rief ich plötzlich und schlug dem Pickelgesicht begeistert auf die Schulter. Er sah mich aus großen Augen an. Bevor er seinen Mund auftun konnte, fuhr ich fort: „Sie werden verschwinden und mich im Regen stehen lassen... bei diesem Wetter! Ich meine die Geldfälscher. Finden Sie nicht, daß die Sache schon undurchsichtig genug ist, ohne daß jemand wie Sie daherkommt und im trüben fischt? Geben Sie mir einen aus, ich bin's nicht gewohnt, mit trockener Kehle zu reden."

„Prima Idee!" rief Deroy. „Sie sind mir 'ne komische Nummer! Man weiß bei Ihnen nie, wann Sie sich über einen lustig machen und wann nicht."

„Eigentlich wollte ich Sie zur Sau machen. Doch soeben hat's bei mir aufgeblinkt. Fragen Sie nicht nach dem Grund, ich werd Ihnen keinen nennen. Nur soviel: Vielleicht haben Sie mir mit Ihrer amerikanischen Arbeitsweise einen Dienst erwiesen, ohne es zu wollen. Übrigens, wer hat Sie auf die abseitige Idee gebracht, diesen dussligen Artikel zu schreiben?"

„Unser gemeinsamer Freund Marc Covet vom *Crépu*. Hab ihn neulich kennengelernt. Von ihm hab ich gehört, daß Sie sich hier an der Côte aufhalten. Informationen sind im Moment keine zu kriegen. Also hab ich den Pfadfinder gespielt. Schließlich müssen wir unseren Lesern was bieten, oder? So ungefähr wußte ich, wie Sie aussehen. Genug, um Sie nicht zu verwechseln. Und noch eins wußte ich: Es war zwecklos, Ihnen ein Interview vorzuschlagen. Sie hätten mich zum Teufel gejagt. Also hab ich ein Foto gemacht und einen Artikel geschrieben, der den Jungs von der Kripo die Zornesröte ins Gesicht treiben sollte."

„Letzeres haben Sie geschafft", sagte ich. „Pellegrini kann man im Moment nicht mit der Kneifzange anfassen."

Ein Botenjunge stand an der Glastür, blickte sich im Lokal um und kam auf uns zu.

„Soll ich das in Ihr Büro bringen, Monsieur Deroy?“ fragte er. „Es ist was über die Morde.“

Der Journalist nahm die Agenturmeldung und überflog sie.

„Informationen über Ronald Kree“, sagte er dann. „Frisch von der Kripo. Die haben einen Bericht von Scotland Yard erhalten. Kree ist ein früherer Angestellter der Pariser Kanzlei von Harock, Harock and Harock, London.“

„Wann hat er die Kanzlei verlassen?“ erkundigte ich mich.

„In dem Bericht steht, vor etwa drei Jahren...“ Er zwinkerte mir zu. „Können Sie damit was anfangen?“

„Im Moment nicht.“

Vergeblich tastete ich nach Covets Brief in meiner Tasche. Ich hatte ihn Chevalme überlassen. Der Journalist gab mir durch ein Grinsen zu verstehen, daß er verstand.

„Hat's wieder aufgeblinkt bei Ihnen?“ fragte er verschwörerisch.

„Vielleicht. Und jetzt, Monsieur Deroy, auf Wiedersehn!“

„Einen Augenblick! Gestatten Sie, daß ich ein Foto von Ihnen mache? Gewissermaßen unter anderen Umständen als heute morgen...“

„Von mir aus. Aber beeilen Sie sich. Übrigens, falls Sie vorhaben, morgen wieder einen Artikel über mich zu bringen... Nur keine Hemmungen! Stellen Sie mich ruhig als As dar, als so was wie 'ne höhere Intelligenz. Aber lassen Sie Kommissar Pellegrini aus dem Spiel, er hat Schonung verdient!“

Bevor ich das Zeitungsgebäude verließ, schloß ich mich in der Toilette ein und überprüfte meine *Automatic*. Sie mußte genauso reibungslos funktionieren wie mein Verstand. Der Anfall von Mutlosigkeit, der mich einen kurzen Moment lang beherrscht hatte, war vorüber.

Draußen winkte ich ein Taxi ran und bat den Chauffeur, kräftig aufs Gaspedal zu treten. In der Strauchheide kurz vor Cannes ließ ich ihn halten. Als ich den Weg zur *Pergola* einschlug, überholte mich ein älterer Mann mit seinem Fahrrad. Dieser hier saß aber tatsächlich im Sattel und strampelte sich ab. Es war der Briefträger. Er stoppte und fragte mit sympathischer Direktheit:

„Kommen Sie vielleicht an der *Pergola* bei Madame Saint-Cernin vorbei, M'sieur? Könnten Sie wohl die Briefe hier mitnehmen? Dann brauche ich nicht extra hinzufahren. Meine Beine sind nicht mehr die neusten, müssen Sie wissen..."

Bevor er mir seine Krankengeschichte erzählten konnte, willigte ich ein. Er gab mir zwei Briefe, tippte mit dem Finger an seine verbeulte Schirmmütze und trat wieder in die Pedale, diesmal in entgegengesetzter Richtung. Wahrscheinlich hielt er Ausschau nach weiteren Boten, auf die er seine Briefsendungen verteilen konnte. Bei diesem System mußte die Verlustziffer erheblich sein.

Raymondes Haushälterin teilte mir mit, daß Madame nicht zu Hause sei. Ich gab ihr eine genaue Beschreibung von Mado Poitevin. Ob sie die junge Frau gelegentlich hier gesehen habe, wollte ich von ihr wissen.

„Also, ich weiß nicht", antwortete sie zögernd. „Nein, wirklich nicht... Wissen Sie, es kommen so viele Leute hierher..."

„Na ja, so furchtbar viele sind's nun auch wieder nicht. Ich jedenfalls hab in *La Pergola* noch keine großen Tischgesellschaften gesehen!"

„Das stimmt... seit ein paar Tagen. Vorher war das anders. Wahrscheinlich sind die Bekannten von Madame alle verreist..."

„Hat Ihnen Madame Saint-Cernin gesagt, wann sie zurückkommt?"

„Nein, Monsieur."

„Dann ruf ich später an", entschied ich, einen Fuß bereits auf dem Kiesweg.

„Das Telefon ist noch kaputt, Monsieur", erinnerte mich die Frau.

„Ach ja, stimmt! Immer noch? Also, die haben's hier aber wirklich nicht eilig! Wie lange ist der Apparat jetzt schon kaputt?"

„Seit dem 24.", antwortete sie nach kurzem Nachdenken.

Ich stieg in das wartende Taxi. Kurz darauf rollten wir über die *Croisette*. Ein Blick auf die Uhr sagte mir, daß es schon recht spät war. Ich ließ mich zu Frédéric Pottiers Schlupfwinkel fahren.

Wie erwartet, war es gar nicht so einfach, in seine Wohnung zu kommen. Wir verhandelten ein paar Minuten durch die geschlossene Tür hindurch, dann öffnete sich Sesam. Mit der linken Hand hielt Frédo die Tür fest, in der rechten seinen Revolver.

„Ihre Vorsichtsmaßnahmen machen Sie direkt verdächtig", bemerkte ich. „Und so ungeschickt, wie Sie das Ding da halten, schießen Sie sich noch selbst ins Bein!... Aber sagen Sie, wo ist Ihr Untermieter? Abgehaun?"

„Würde Sie das stören?"

Frédo behielt seinen feindseligen Ton bei.

„Mich?" Ich zuckte die Achseln. „Will nur ein Stück Papier von ihm wiederhaben, das ist alles."

„Es geht schon nicht verloren", meldete sich Marcel Chevalme mit Grabesstimme zu Wort.

Er stand in der Tür, die ins Nebenzimmer führte. Ringe unter den und ein seltsamer Glanz in den Augen, fahle Gesichtsfarbe: Der Arzt machte einen deprimierenden Gesamteindruck. Ich ging mit ihm in das angrenzende Zimmer. Es machte denselben Eindruck wie sein Bewohner. Sah aus wie ein Zwischenlager für Druckerzeugnisse. Überall stapelten sich Zeitungen und Zeitschriften. Auf dem Boden, auf dem Tisch, auf dem niedrigen Sofa. Die Sammlung gehörte Pottiers Vormieter.

„Na, hier brauchen Sie sich aber wirklich nicht zu langweilen", sagte ich, um etwas zu sagen.

„Das meiste stammt aus der Zeit, als ich im Knast saß", erklärte Chevalme.

„Interessant?"

„Sehr", flüsterte er, und der seltsame Glanz in seinen Augen verstärkte sich.

Er zog Covets Brief aus der Gesäßtasche und gab ihn mir.

„Und das hier auch", fügte er hinzu.

„Klar, für Sie als Hauptbeteiligten!" lachte ich. „Freut mich, daß ich Ihnen ein paar nette Stunden verschafft habe... Übrigens, ich hab noch was Interessanteres für Sie: Der Mann, der vor Ihren Augen gestorben ist, hieß Ronald Kree. War früher mal bei Harock und Konsorten beschäftigt. Sie wissen schon, die Testamentsvollstrecker der seligen Miss Sutton. Waren das nicht auch die Anwälte von Madame Saint-Cernin?"

„Weiß ich nicht."

„Sind Sie dem Engländer vorher noch nie begegnet? Zum Beispiel am Tag zuvor, in der *Pergola*?"

„Nein."

Da ich was Besseres vorhatte, als einsilbige Antworten zu kassieren, verließ ich das gastliche Haus. Zufällig vergaß ich auf dem Tisch die Ausgabe des *Littoral* mit dem für mich so schmeichelhaften und für Pellegrini so vernichtenden Artikel.

Ziemlich aufgeregt ging ich ins Hôtel du Cirque zurück.

12
Der Mann an der Spritze

Der Briefumschlag, den ich in Händen hielt, war alles andere als luxuriös. Das schlechte Papier war voller Wasserflecken, eine Ecke wies Spuren eines Rostflecks auf.

Ich wollte ihn gerade öffnen, als auf dem Flur Schritte zu hören waren. Jemand blieb vor meiner Tür stehen und klopfte an. Ich schob den Brief schnell in meine Tasche und rief „Herein!“ Der Mann, der leicht schwankend meiner Aufforderung nachkam, war André Milandre.

Ein neu erworbener Panamahut schützte seine kurzsichtigen, vor Neugier funkelnden Augen vor der Sonne. In seinem Mundwinkel hing eine *Gitane*. Er trug einen leichten Golfanzug. Aufgeregt schlug er auf die Ausgabe des *Littoral* in seiner Hand.

„Na, Burma“, rief er, „Sie können mir nichts mehr vormachen! Anscheinend wissen Sie mehr, als Sie heute morgen zugeben wollten, was? Sie werden also bald den Schlußpunkt setzen... Kann man schon mal einen Vorgeschmack kriegen?“

„Na ja, alles ist noch nicht auf den Punkt gebracht“, gab ich ausweichend zur Antwort.

Er setzte sich und machte ein erwartungsvolles Gesicht. In diesem Augenblick wurde ich ans Telefon gerufen. Ich ging nach unten.

„Hallo!“ meldete sich eine unbekannte, aufgeregte Stimme mit unverkennbar einheimischem Akzent. „Monsieur Burma? Hören Sie, es geht um einen Unfall vor meinem Haus... Hélène Chatelain... Hab Ihre Adresse in der Tasche der jungen Frau gefunden. Sie verlangt nach Ihnen... Ist ziemlich schlimm...“

„Ein Unfall? Was ist denn passiert?“

„Na ja, Monsieur... äh... Kein richtiger Unfall... Ich meine, der Wagen hätte ausweichen können... Hat aber nichts..."

„Von wo aus telefonieren Sie?"

„Vom Unfallort, aus meinem Haus. *Le Mas des Merles*, neben *La Napoule*... Meine Frau ist bei ihr... Kommen Sie, Monsieur! Kommen Sie schnell!"

„Ja", sagte ich, „ich komme."

Ich legte auf und rief das Hauptkommissariat an.

„Könnten Sie zwei Männer zum *Mas des Merles* schicken, gleich neben *La Napoule*?" fragte ich Pellegrini.

„Zum Schwimmen?" lachte der Korse. „Tut mir leid, aber noch steht die hiesige Polizei nicht unter dem Kommando von Monsieur Nestor Burma. Und außerdem sind wir ja völlig unfähig! Wenden Sie sich doch an Ihre Freunde bei der Zeitung!"

Ohne ein weiteres Wort abzuwarten, legte er auf. Die journalistische Heldentat von Albert Deroy trug immer noch Früchte. Alles hat eben zwei Seiten. Dies hier war die schlechte.

„Sie sehen besorgt aus", stellte Milandre fest, als ich in mein Zimmer trat.

Ich erzählte ihm von Hélènes Unfall.

„Welche Hélène?" fragte er naiv.

„Hélène Chatelain, meine Sekretärin."

Er bog sich vor Lachen.

„Diese Schlauberger!" rief er. „Denen ist wohl jeder Trick recht, um Sie zur Abreise zu bewegen! Wirklich, ein übler Scherz..."

„Hélène ist hier in Cannes", unterbrach ich seinen Heiterkeitsausbruch.

„Das muß einem doch gesagt werden." Dédé wurde mit einemSchlag wieder ernst. „Wenn das so ist... Was denn für ein Unfall?"

„Keine Ahnung."

„Ratlos?"

„Etwas schon. Sie hatte nichts für mich zu erledigen. Kann sein, daß sie was Merkwürdiges entdeckt hat... was ihr schlecht bekommen ist... Ich werd mal hinfahren."

Milandre rührte sich nicht von seinem Stuhl.

„Sie können sich doch vorstellen, daß an der Sache was faul ist", sagte er. „Ich an Ihrer Stelle wäre vorsichtig..."

„Ich kann mir weniger vorstellen, als Sie glauben. Und genau das beunruhigt mich. Ich muß sehen, was da los ist."

„An Ihrer Stelle..." begann er wieder.

„Auf Wiedersehn!"

Ich setzte meinen Hut auf und ging hinaus.

„Warten Sie!" rief er mir hinterher. „Ich fahre Sie hin. Unten steht mein Wagen."

„Wenn's Ihnen nichts ausmacht... Vielleicht brauche ich Sie vor Ort. Sie kennen die Gegend hier."

„Ja, ich kenne den *Mas des Merles*. Liegt im Pinienwald..."

Auf dem Läufer der Treppe rutschte ich aus, fing mich wieder, stieß einen Schrei aus, schnitt eine Grimasse und faßte fluchend an meine linke Seite.

„Was ist?" fragte Dédé erschrocken.

„Ni... Nichts", stöhnte ich. „Eine falsche Bewegung, ein Stich in der Seite... Los, beeilen wir uns!"

Vor der Rezeption stießen wir mit einer auffällig und billig geschminkten Rothaarigen zusammen. Mit sehnsüchtiger Stimme fragte sie nach René Leclercq. Der Hotelier suchte also ebenfalls hinter den Kulissen von Varietétheatern nach Abenteuern!

Ich setzte mich neben Milandre ins Auto, noch immer hielt ich mir die Seite. Nach kaum fünfhundert Metern bremste Dédé und hielt an. Irgend etwas war mit dem Motor nicht in Ordnung. Wir konnten jedoch weiterfahren und bogen in die Küstenstraße ein. Neben uns tauchte eine Fabrik auf, und gleich daneben eine Touristensiedlung. Der Werbespruch lautete wohl: *Hier geht's uns besser als nebenan*! Sehr gelungen. Vor allem, wenn man bedachte, daß es einem weder hier noch dort gutging... Und da war auch schon das Pinienwäldchen. Eine stille Gegend, das Richtige für Fuchs und Hase.

„Wie auf einem Friedhof", bemerkte ich. Milandre lachte nervös auf. Die Zigarette in seinem Mund, die er sich noch nicht angezündet hatte, wippte in seinem Mundwinkel.

„Also wirklich!“ empörte er sich. „Wie auf einem Friedhof! Ein Vergleich ist das... Haben Sie studiert?“

„Ja, sogar mit ausgezeichnetem Abschluß. Aber danach hab ich mich praktischeren Dingen gewidmet... Warum die Frage?“

„Weil... Sie drücken sich ziemlich treffend aus. Nestor Burmas Untergang... Wie auf einem Friedhof... Hahaha!“

Seine rechte Hand, die schon die ganze Zeit nach einem Feuerzeug gesucht hatte, kam wieder zum Vorschein... und zielte auf meinen Nacken! Ich wich aus, warf mich auf Dédé und schoß ihm in die Beine. Gut, daß ich meinen Revolver seit unserer Abfahrt in der Hand hatte! Die Injektionsspritze, mit der Milandre mir in den Hals hatte stechen wollen, rollte auf den Boden. Das führerlose Auto fuhr in Schlangenlinien auf eine junge Akazie zu, fällte sie und legte sich drei Meter vor einem Flüßchen auf die Seite.

Ich konnte rechtzeitig aus dem Wagen springen, im Gegensatz zu Dédé, dessen Beine eingeklemmt waren. Doch konnte er noch seine Hände frei bewegen, was er mir auch sofort bewies. Er schoß das gesamte Magazin seiner *Automatic* leer. Was kümmerte ihn jetzt der Lärm, den er veranstaltete! Doch Wut und Schmerz trübten seinen Blick, und ich wurde nicht getroffen. Ich schoß zurück. Er stieß einen Schrei aus und ließ seine Waffe fallen. Ich hatte ihn am Arm getroffen.

Ich lief zurück zur Straße und hielt das nächste Auto an.

„Privatdetektiv“, stellte ich mich vor. „Hier mein Ausweis. Sie fahren jetzt nach Cannes und suchen Kommissar Pellegrini. Überall! Sagen Sie ihm daß ich hier auf ihn warte. Und kommen Sie nicht auf die Idee, sich Ihrer Pflicht zu entziehen! Ich notiere mir Ihre Autonummer. Beeilen Sie sich!“

Der Fahrer brummte etwas Unverständliches und fuhr los. Ich ging zu Milandre. Sein Zustand war nicht berauschend. Wenn der Korse sich zuviel Zeit ließ, konnte er gleich die Leiche mitnehmen.

„Der Artikel im *Littoral* hat Sie zu einem falschen Schritt veranlaßt“, sagte ich zu dem Schwerverletzten. „Sie haben geglaubt, ich würde meine Karten auf den Tisch legen. Und dem wollten Sie zuvorkommen. Schon heute morgen hatten Sie Vorbereitungen getroffen, stimmt's? Waren grade dabei, Ihre Koffer zu packen. Als ich kam, haben Sie schnell die Schranktür zugeknallt und abgeschlossen, damit ich nichts davon bemerkte. Aber was wußte dieser Nestor Burma eigentlich? Sie waren nahe daran zu glauben, daß ich mit meinen Ermittlungen nicht recht vorankam. Doch der blöde Zeitungsartikel hat Sie zu schnellem Handeln animiert. Sie hätten mich in Ihrem Haus umbringen können, heute morgen, als ich mir den Luxus erlaubte, Sie ein wenig zu beobachten. Sie haben's nicht getan, obwohl der hübsche kleine Revolver bereits in Ihrer Tasche auf seinen Einsatz wartete. Als Sie den Schrankschlüssel in Ihre Tasche fallenließen, gab es ein metallenes Geräusch... Los, geben Sie sich einen Ruck!" forderte ich ihn auf. „Ich werd mich für ein paar Minuten in einen Priester verwandeln und Ihnen die Beichte abnehmen."

Seine Brille war ihm bei dem Unfall vom Kopf geflogen. Haß stand in seinen trüben, kurzsichtigen Augen.

„Zum Teufel mit Ihnen", fauchte er.

„Hu, Sie böser Mensch! Einen Priester zur Konkurrenz zu schicken!"

Ich setzte mich auf den umgeknickten Baumstamm.

„Fangen wir mal ganz von vorne an", fuhr ich fort. „Sehen Sie, Dédé, wenn Sie mir gleich zu Anfang gesagt hätten, daß Sie Pierre de Fabrègues gekannt haben..."

„Woher wissen Sie das?" unterbrach er mich überrascht.

Auch wenn er viel von meinen Fähigkeiten hielt, konnte er doch nicht fassen, daß ich so gut informiert war. Mit Recht! Ich klärte ihn über seinen Irrtum auf.

„Ich wußte es nicht", gestand ich. „Hab's mir nur zusammengereimt. Fehlte noch die Bestätigung, die Sie mir durch Ihre Frage soeben geliefert haben. Vielen Dank, Dédé. Als wir zusammen die Villa des Grafen betraten – Sie erinnern sich? –, begrüßte uns der Butler mit einem höflichen ‚Guten Morgen, Monsieur'. Ich dachte, er meinte mich. Doch am nächsten Tag schon war er weniger höflich zu mir. Nicht mal ein kurzes Kopfnicken war ich ihm wert! Und da fiel es mir auf: Er hatte uns nicht im Plural begrüßt! Sein ‚Guten Morgen, Monsieur' war an Sie gerichtet. Warum? Weil er Sie von früher kannte, als einen Freund des Grafen. Aber warum Ihre Geheimniskrämerei mir gegenüber? Ich fand Ihr Verhalten ziemlich unerklärlich, jedenfalls nicht ohne Bedeutung. Joseph konnte ich leider nicht mehr fragen. Er verschwand genau zu dem Zeitpunkt, als ich ihn brauchte. Als er am nächsten Morgen wieder auftauchte, war er ertrunken. Das geht auf Ihr Konto, nicht wahr? Sie hatten Angst, ich könnte neugierig und Joseph gesprächig werden. Denn dieses Gerede vom gebrochenen Herzen, von dem Kummer, seinen Herrn verloren zu haben, den er schon von klein auf kannte... Entschuldigen Sie, aber darüber kann ich, mit Verlaub, nur lachen... Hut ab, Dédé! Sie haben saubere Arbeit geleistet. Pellegrini, der seine Schlüsse mit dem Holzhammer zieht, und der Gerichtsmediziner, der überhaupt keine Schlüsse zieht und sich lieber an die Fakten hält (keine Spuren eines Kampfes etc.)... Für die beiden war das ein klarer Fall von Selbstmord... Sie haben mir also Ihre Beziehungen zum Hause de Fabrègues verschwiegen. Gefiel mir gar nicht, diese Heimlichtuerei. Und so nach und nach fielen mir noch ein paar andere Kleinigkeiten auf, zum Beispiel der anonyme Anruf bei der Polizei, die daraufhin Frédo Pottier festgenommen hat. Monatelang wurde der Mann nicht behelligt. Es genügte, Ihnen von seiner Anwesenheit an der Côte zu erzählen, und schon wurde er denunziert! Sie können sich vorstellen, wie Frédo auf mich zu sprechen ist. Hatte er mich doch tags zuvor im Gespräch mit Pellegrini gesehen! Von dem anonymen Anruf bis zu den ebenso anonymen Schüssen auf mich in meinem Hotelzimmer war es nur ein kleiner Schritt. Das passierte übrigens am Abend desselben Tages, an dem Sie Joseph stumm gemacht haben. Wieder so ein treffender Ausdruck: Stumm wie ein Fisch! Man konnte das Attentat aufs Konto der Freunde meines Sparringspartners Belami setzen, was Sie mir natürlich einzureden versuchten. Aber die Herren saßen bereits im Bau, was Sie nicht wußten. Sie selbst kamen als Täter nicht in Frage. Zufällig wollten Sie zu mir, als das Schützenfest losging! So was nennt man ein handgestricktes Alibi... Zu schön, um echt zu sein! Mir jedenfalls kam's verdächtig vor. Um so verdächtiger, da ich vor dem Hotel ein verliebtes Pärchen gesehen hatte. Weder verliebt noch Pärchen, wie mir nach reiflicher Überlegung klar wurde! Sie, Dédé, standen in dem Hauseingang und warteten auf den geeigneten Augenblick, mir Ihre Aufwartung zu machen. Mit den Schüssen jedoch hatte mir jemand anders aufgewartet, ein Komplize!"

Ich holte tief Luft, um dann meine Matrosen-Artisten-Theorie auseinanderzulegen.

„Ich konnte noch nicht herausfinden, zu welcher Mannschaft der Matrose gehört", schloß ich. „Würde mich aber nicht wundern, wenn er auf dem ‚Fliegenden Holländer' angeheuert hätte. Wie dem auch sei, als Drahtzieher des Attentats kommen nur Sie in Betracht. Unwahrscheinlich, daß die Geldfälscher, die mich überhaupt nicht kennen, so großen Schiß vor mir haben. Zumal ich so gut wie nichts von der Affäre weiß! In Ihrer Bande muß demnach jemand sein, der mich näher kennt und weiß, was von mir und meinen Fähigkeiten zu erwarten ist."

„Bescheiden wie immer, dieser Nestor Burma! Wie ein schüchternes junges Mädchen", brachte Milandre mühsam hervor. Seine Kräfte schwanden, doch um nichts in der Welt hätte er es zugegeben.

„Junges Mädchen!" lachte ich. „Sehr schmeichelhaft. Leider kann ich das Kompliment nicht zurückgeben. Sie sind nämlich alt geworden, mein Lieber! So alt, daß Sie nicht mal mehr einen anständigen Toten abgeben. Und vergeßlich sind Sie geworden! Haben durch meine Anwesenheit hier in Cannes, wo Sie sich doch schon seit geraumer Zeit aufhalten, mit einem Schlage alle Bekannten vergessen! Wie vorsichtig von Ihnen... und wie unvorsichtig, wenn man's genau bedenkt. Übrigens sind Sie nicht der einzige, der sich seit meiner Ankunft in die Isolation zurückgezogen hat. Es gibt da noch jemanden, auf den ich später zurückkommen werde... Ein weiterer Beweis Ihrer frühzeitigen Verkalkung ist die Liste mit den Freunden des Grafen. Wie nett von Ihnen, mich auf Lebrot aufmerksam zu machen! Der Vogel ist so schön schräg, aber als Spur taugt er leider nicht. Apropos Namenliste: Als Sie sie abgeschrieben haben, haben Sie wohl eine oder zwei Personen ausgelassen, stimmt's?"

Milandre grinste spöttisch, sagte aber keinen Ton.

„Außerdem habe ich Sie im Verdacht", fuhr ich fort, „die Nacht vom 27. auf den 28. nicht in Ihrem Bett verbracht zu haben. Das ist genau die Nacht, in der Ronald Kree im Keller von Dufours Villa gefangengehalten wurde. Ich hab so gegen zwei bei Ihnen geklingelt, hatte aber keinen Erfolg. Dabei funktioniert die Klingel tadellos, wie ich heute morgen feststellen konnte. Kein schlagender Beweis, meinen Sie? Da muß ich Ihnen recht geben. Doch Monsieur Dufour hat, zerschossen, wie er war, noch die Kraft aufgebracht, Noten von Wagners ‚Fliegendem Holländer' von der Galerie ins Atelier zu schmeißen. Und am Morgen darauf sind Sie ohne Gepäck an Bord der Jacht gleichen Namens gegangen. Spinnen wir ein wenig Seemannsgarn: Sie kennen doch die Legende von dem verfluchten Van Straeten, dem Kapitän des ‚Fliegenden Holländers', oder? Einen deutlicheren Hinweis hätte uns der plötzlich erblindete Radierer nicht geben können. Und dann die Spritze, die Sie eben auch gegen mich verwenden wollten ... Im Krieg waren Sie ein hervorragender Sanitäter, wie ich weiß, und Ronald Kree ist an einer fachmännisch gesetzten Spritze gestorben. Ihre Gesundheit ist nicht die beste, Dédé. Wahrscheinlich hat man Ihnen das *Haimanéosyl* verschrieben, das dem Engländer zum Verhängnis wurde. Würden Sie mir jetzt vielleicht verraten, warum Sie den Ärmsten gekidnappt und gefoltert haben?"

Ich zündete mir eine Pfeife an. Die Nacht war hereingebrochen. Grillen zirpten, und am nahen Fluß quakten Frösche. Im Schein meines Streichholzes sah ich, daß Milandre die Augen geschlossen hatte. Tot war er aber noch nicht. Ich fuhr fort:

„Sie wollen nicht? Gut, dann werde ich Ihnen meine These vorstellen: Sie suchten nach den falschen Banknoten, die in seiner Bibel versteckt waren! Keine Ahnung, woher er wußte, daß

daß Sie und Ihre Komplizen die Blüten in Umlauf gebracht hatten. Jedenfalls wollte er Sie damit erpressen. Warum haben Sie den lästigen Mitwisser nicht sofort beseitigt? Weil Sie ihn lebend dem Chef Ihrer Organisation vorführen wollten. Der war entweder nicht in der Stadt, ober aber Sie konnten ihn nicht erreichen. Deswegen die Injektion des Stärkungsmittels, das nicht... besser gesagt: zu prompt gewirkt hat! Dabei kommt mir ein Gedanke: Ist die Spritze vielleicht Ihre Lieblingswaffe? Ist der arme Joseph nicht auch an einem kleinen Einstich gestorben? Genug, um ihn ohnmächtig ins Wasser schubsen zu können, jedoch zuwenig, um bei der Autopsie entdeckt zu werden? Der Gerichtsmediziner kann mir viel erzählen. Sein Schlaf wird nicht durch übermäßige Phantasie gestört. Fehlende Kampfspuren, Statistiken, die belegen, daß Mord durch Ertränken selten vorkommt... Was hatten Sie eigentlich für mich vorgesehen , o König der Spritzen aller Art? Dornröschenschlaf oder Stärkungsmittel?"

Milandre hatte noch die Kraft, unverschämt zu lachen!

„Weder das eine noch das andere", flüsterte er heiser. „Die Spritze enthält heute ein schnellwirkendes Gift. Hab's mir nur mit Mühe besorgen können... Weniger laut als ein Revolver und genauso wirksam... Todsicher, sozusagen... Hab mich zu sehr auf Ihre Seitenstiche verlassen, Burma."

„Aber Vorsicht ist die Mutter der Porzellankiste! Diese Weisheit haben Sie nicht vergessen. Sogar Schwierigkeiten mit dem Motor haben Sie vorgetäuscht, um anhalten und sich vergewissern zu können, daß uns kein Wagen der Flics folgte."

„Ich hab verloren", sagte Milandre. „Tut mir leid."

„Reizend von Ihnen! Aber kommen wir noch mal auf den Chef Ihrer Bande zurück. Das ist zweifellos der Besitzer des ‚Fliegenden Holländers'. Kann man in der Wahl des Namens nicht eine literarische Reminiszens sehen? Natürlich kann man das! So ein Zufall aber auch! Ronald Kree, der Sie erpressen wollte, war ein ehemaliger Angestellter der Anwälte von Miss Sutton, einer Freundin von Raymonde Saint-Cernin, der Schriftstellerin. Sollte sie die Taufpatin der Luxusjacht sein? Ein weiterer Zufall ist nämlich der: Ihre Villa, in der sich die Freunde die Klinke in die Hand zu geben pflegten, liegt seit meiner Ankunft so verlassen da wie eine Insel. Und noch was: Ich habe inzwischen den dritten Brief, den Fabrègues in seiner Todesnacht geschrieben hat. Er wurde erst heute zugestellt, weil er sich im Briefschlitz verklemmt hatte. Die Spuren davon sind auf dem Umschlag zu besichtigen. Ich wollte den Brief gerade öffnen, als Sie zu mir ins Hotel kamen. Kein Zweifel, die Handschrift ist die des Grafen, wenn auch leicht verstellt. Schwarze Tinte und billiger Briefumschlag stammen aus dem Besitz des Butlers. Na ja, Dieb und Geschädigter sind nun beide tot... Ach, das hätte ich beinahe zu erwähnen vergessen: Der Brief ist an Madame Saint-Cernin adressiert, die Person, die sich wie Sie seit drei Tagen aus dem gesellschaftlichen Leben zurückgezogen hat. Und sie ist es auch, die Pierre de Fabrègues durch seinen Selbstmord schützen wollte, nobel wie er war. Blaues Blut tut selten gut! Meine Bemerkung darüber hat Pellegrini ins Grübeln gebracht, ebenso wie Sie, lieber Ex-Mitarbeiter und jetziger Feind! Die Schriftstellerin war es außerdem, die den Grafen mit falschen Banknoten versorgt hat. Sie... Großer Gott!“

Eine Erleuchtung! Ein Aufblinken, wie Albert Deroy gesagt hätte. Ich sprang auf. Meine Pfeife fiel ins Gras. Als ich in der Dunkelheit nach ihr tastete, verbrannte ich mir die Finger an der heißen Asche. Ich setzte meinen Monolog fort.

„Jetzt wird mir auch die Verbindung zwischen Ronald Kree und Ihrer ehrenwerten Gesellschaft klar!“ rief ich. „Sie waren nicht die ersten Opfer des erpresserischen Engländers. Raymonde hat einen Fehler begangen, als sie dem Grafen die Blüten gab. Es sollte nicht ihr einziger bleiben. Kree war Angestellter bei Harock & Co. Nach Miss Suttons Tod und der Testamentseröffnung hat er die Kanzlei verlassen. Es muß doch da einen Zusammenhang geben, nicht wahr? Könnte sein, daß Raymonde auch Kree mit Falschgeld eingedeckt hat. Warum? Weil er sie erpreßt hat! Und warum hat er sie erpreßt?

Und warum ist er auf die Idee gekommen, daß Sie und Ihre Bande die Blüten hergestellt haben? Ja, warum?“

Ich war verdammt aufgeregt, und das aus gutem Grund. Nach und nach zerrissen die Schleier, die den geheimnisvollen und verzwickten Fall... verschleierten.

„Sie kannten Raymonde schon lange. Wenn Ronald Kree glaubte, die Blüten kämen aus Ihrer Hand, dann deshalb, weil Sie auf irgendeinem Gebiet spezielle Fähigkeiten besitzen. Er wußte von Ihren Talenten oder von denen Ihrer Komplizen. Aber wie konnte er davon wissen? Jedes kleine Mädchen erkennt sofort, daß zwischen dem umstrittenen Testament und den falschen Banknoten ein Zusammenhang besteht. Ein gemeinsames Schicksal vielleicht? Jawohl! Das eine wie das andere ist gefälscht!“

In diesem Augenblick hörte man Stimmen im Wald. Taschenlampen leuchteten die Bäume an. Es war Pellegrini mit seinem Trupp.

„Sie haben sich aber Zeit gelassen!“ rief ich dem Kommissar entgegen. „Hier liegt der Vogel... mit gebrochenen Flügeln! Heute morgen, als Sie mich so zuvorkommend empfangen haben, wollte ich Sie eigentlich bitten, ihn überwachen zu lassen.“

Alle Taschenlampen richteten sich auf den Verletzten, der gequält die Augen zusammenkniff. Er kämpfte seinen letzten Kampf. Plötzlich erinnerte ich mich wieder an meine Sekretärin.

„Was haben Sie mit Hélène gemacht?“ schrie ich Milandre an und rüttelte ihn an der Schulter.

Dédé bewegte lautlos die Lippen, dann fiel sein Kopf zurück ins trockene Gras. André Milandre war tot.

Jetzt ging alles sehr schnell. Ich erklärte Pellegrini die Lage, ohne die Rolle der Schriftstellerin zu erwähnen. Raymonde wollte ich mir später noch allein vorknöpfen.

„Am besten, wir statten dem ‚Fliegenden Holländer‘ einen Besuch ab“, schlug ich vor.

Wir stiegen in die dunklen Dienstwagen. Die Flics nahmen einige der Kugeln mit, die Milandre auf mich abgefeuert hatte. Die Untersuchung im Labor sollte ergeben, daß sie aus derselben Waffe stammten, mit der Marius Dufour durchlöchert worden war.

Im Jachthafen angekommen, gab Pellegrini seine Anweisungen. Das schneeweiße Schiff schaukelte sacht auf den Wellen. Es wurde eingekreist, umzingelt und gestürmt. Doch an Bord befand sich keine Menschenseele. Alle Vögel waren ausgeflogen!

„Diese gottverdammte Bande!“ donnerte der Korse. „Wer hat denen erzählt, daß Milandres Attentat auf Sie mißglückt ist?“

„Niemand“, erwiderte ich gelassen. „Die Flucht war schon seit langem vorbereitet. Milandre bildete so was wie die Nachhut und hatte die Order, mich umzubringen. Riechen Sie nichts? Trotz der geöffneten Bullaugen stinkt die riesige Kabine immer noch wie ’ne Druckerei!“

Der Kommissar schnupperte.

„*Die* Druckerei?“ fragte er ungläubig.

„Allerdings. Hier wurden die Blüten gedruckt, auf offener See, und die Maschinen der Jacht hämmerten den Takt dazu. Gestern hat die Bande eine wichtige Reise unternommen. Nach dem Tod des Radierers, des Engländers usw. ist ihnen der Boden zu heiß geworden. Da haben sie beschlossen, ihre gesamte Ausrüstung zu versenken.“

Pellegrini kratzte sich fluchend am Hinterkopf.

„Los, wir haben keine Minute zu verlieren!“ schrie er plötzlich. „Ich werde alle verfügbaren Leute darauf ansetzen, irgend jemand zu finden, der eine brauchbare Beschreibung des Besitzers samt Mannschaft geben kann! Kommen Sie mit?“

„Nein. Ich könnte Ihnen sowieso keine große Hilfe sein. Außerdem liegt mir meine Sekretärin mehr am Herzen. Werd mich auf die Suche nach ihr machen. Hoffentlich haben die Banditen ihr nicht zu weh getan... Da fällt mir ein: Passen Sie auf, einer der Matrosen ist ein erstklassiger und erprobter Klettermaxe!“

Ich machte kurz Station in einem Bistro, wo ich die beiden

Briefe öffnete, die mir der müde Postbeamte anvertraut hatte. In dem, der mich interessierte, stand nur der eine Satz: *Zerstören Sie die 100*.

Ich zerbrach mir über diese geheimnisvolle Nachricht nicht den Kopf. Pierre de Fabrègues hatte einen wahren Katalog von Vorsichtsmaßnahmen getroffen. Klar, daß er sich in diesem wichtigen Brief so sibyllinisch ausdrückte. Ich hielt nach einem Taxi Ausschau.

Ein braver Familienvater döste hinter dem Steuer seines Peugeot. Er war bereit, mich zur *Pergola* zu fahren. Auf dem Weg, der zur Villa führte, kam uns einer seiner Kollegen entgegen. Ich zeigte ihm meinen Ausweis und fragte ihn, wen er soeben abgesetzt habe. Der Mann mochte keine Privatdetektive und antwortete schroff:

„'n Kerl in Hemdsärmeln mit kurzen Haaren. Personenbeschreibungen sind nicht meine Stärke."

Bestimmt eine Berufskrankheit! Ich bat meinen Taxichauffeur zu warten und rannte in Rekordtempo zur Villa. Das Gartentor stand offen. Ich stürzte ins Haus. Die Haushälterin empfing mich im Morgenmantel.

„Ich hab ein Geräusch gehört", erklärte sie verwirrt.

„Madame hat soeben Besuch bekommen", keuchte ich außer Atem. „Schließen Sie die Tür eigentlich nie ab?"

Sie stammelte etwas Undeutliches, das durch einen Schrei aus der ersten Etage unterbrochen wurde. Ich sprang die Treppe hinauf. Eine Tür öffnete sich, und vor mir stand Marcel Chevalme, aschfahl im Gesicht.

„Monsieur Burma!" rief er perplex.

„Haben Sie eben geschrien?" fragte ich.

„Ja."

„Wo ist Raymonde?"

„Sie... Sie ist tot."

Ich schob ihn zur Seite und stieß die Tür auf. An der Deckenleuchte schaukelte der Körper von Raymonde Saint-Cernin.

13
Zimmerschmuck

Ich rief der Haushälterin zu, nicht hinaufzukommen und uns etwas Trinkbares bereitzustellen.

„Sie war schon vor Ihrer Ankunft tot", sagte ich zu Chevalme. „Folglich kann man Ihnen nichts anhaben."

„Ist es... Ist es denn kein Selbstmord?" fragte er verdutzt.

„Glauben Sie an eine Suizid-Epidemie?" fragte ich zurück.

„Wo ist denn der Stuhl oder der Hocker oder so was Ähnliches, auf den Raymonde sich gestellt hat, um sich aufzuhängen? Zwei Meter weit weg? Nein, hier geht es um Mord! Begangen von jemandem, den sie gut genug kannte, um ihn in ihr Schlafzimmer zu lassen."

Ich ging hinunter, um die Getränke in Empfang zu nehmen. Die Haushälterin suchte mit flatternden Händen im Kühlschrank nach Bier.

„War außer mir und dem Herrn da oben heute abend noch jemand hier im Hause?" fragte ich sie.

„Nein, niemand. Madame ist früh zu Bett gegangen und... Mein Gott! Ist ihr etwas zugestoßen?"

„Nur eine leichte Unpäßlichkeit. Aber bemühen Sie sich nicht, mein Freund ist Arzt. Wenn Sie was gefunden haben, das wir trinken können, stellen Sie doch bitte das Tablett auf die Treppe und rufen Sie mich."

Ich ging wieder nach oben. Marcel Chevalme stand benommen in einer Ecke des Zimmers.

„Wie haben Sie Raymonde gefunden?" fragte ich.

„Ich bin ins Zimmer gekommen und hab nach ihr gerufen. Aber sie hat nicht geantwortet. Auf dem Weg zum Bett – ich wollte das Licht anknipsen – bin ich gegen ... etwas gestoßen. Als ich dann Licht machte, hab ich sie gesehen ...“

Der rechte Fuß der Schriftstellerin war nackt, der linke steckte in einem eleganten Pantöffelchen. Ich stieg auf einen Stuhl und untersuchte den Strick. Er war etwa einen halben Meter lang aufgerauht, so als habe man ihn an einer Steinkante gescheuert. Ich fuhr mit dem Finger über die Stelle und sah ihn mir an. Er war mit rotem Staub bedeckt. Ich ging hinunter in den Garten, stellte mich unter den Balkon des Schlafzimmers und ließ den Schein meiner Taschenlampe umherwandern. Es dauerte nicht lange, und ich sah den fehlenden Hausschuh. Ich ging wieder nach oben, trat hinaus auf den Balkon und schwenkte meine Taschenlampe hin und her, zum Dach und zum Baum gegenüber, so als gäbe ich Zeichen.

„Pech gehabt, Alter“, sagte ich zu mir selbst. „Madame Saint-Cernin muß ihren Mörder nicht unbedingt gekannt haben. Er ist vom Baum aufs Dach gelangt. Dann hat er unsere Freundin irgendwie auf den Balkon gelockt und sie wie mit einem Lasso eingefangen. Bei der Aktion ist der rechte Hausschuh in den Garten gefallen. Als Raymonde tot war, ist der Täter auf den Balkon gesprungen, hat die Leiche ins Zimmer geschleppt und sie an die Lampe gehängt. Den Stuhl, auf den er gestiegen war, hat er an seinen Platz zurückgestellt. Der Blödmann wollte alles so hinterlassen, wie er's vorgefunden hatte. Nur um das Pantöffelchen hat er sich nicht gekümmert. War wohl nervös und in Eile. Dabei hätte er ohne viel Rätselraten erraten können, wohin es gefallen war ...“

Die Haushälterin rief durch den Hausflur, daß unser Bier bereitstehe. Chevalme ging hinaus, um es zu holen.

„Der Mörder hat 'ne regelrechte Turnübung veranstaltet“, bemerkte er, als er mit den beiden Flaschen wieder ins Schlafzimmer der ehemaligen Schriftstellerin trat.

„Oh, er ist ein As! Hab schon mal mit ihm zu tun gehabt. Ein hervorragender Akrobat.“

Ich betrachtete die sterblichen Überreste der schönen Raymonde.

„Ich kann nicht anders, aber sie tut mir leid“, murmelte ich. „Trotzdem... Sie hat immerhin den Tod von Pierre de Fabrègues auf dem Gewissen. Außerdem steckte sie mit den Geldfälschern unter einer Decke...“

„Ich fürchte, man kann ihr noch so einiges anderes vorwerfen“, seufzte Chevalme.

„Ah... Sie meinen... Übrigens, welche zwingenden Gründe haben Sie veranlaßt, Frédos Loch zu verlassen? Schließlich laufen Sie hier Gefahr, den Flics in die Hände zu fallen.“

Chevalme schwieg.

„Die Geschichte mit dem Testament vielleicht? Sie können mir ruhig vertrauen, das wissen Sie doch. Im Laufe der Zeit müßten Sie gemerkt haben, daß ich nicht gleich zur Polizei laufe.“

„Ich wollte eine Erklärung von ihr“, begann er vertrauensvoll. „Seit gestern habe ich viel gelesen. Und viel nachgedacht. Zuerst habe ich den Brief Ihres Freundes aus Paris gelesen. Dann die alten Zeitungen. Glauben Sie mir: Nichts, aber auch absolut nichts ließ damals darauf schließen, daß Laura mich in ihrem Testament bedacht hatte. Oh, nicht viel, nur mit einer relativ geringen Summe, wie alle andern... außer Raymonde. An sie ist der größte Teil des Vermögens von Miss Sutton gefallen. Raymonde hat immer viel Geld gebraucht... Na ja, ihre Romane haben sich gut verkauft, eine Zeitlang... Aber später...“

„Seit drei Jahren hat sie nichts mehr veröffentlicht“, sagte ich. „Jedenfalls sind ihre beiden letzten Werke so alt.“

„Doch, sie hat eine oder zwei Sachen publiziert. Aber ihr Verleger hat dabei Verlust gemacht... Aus den alten Zeitungen habe ich außerdem noch erfahren, daß nach einem Prozeß ein zweiter stattfand, der sich ebenfalls um das verdammte Testament drehte. Und um mehr darüber zu erfahren, bin ich hergekommen. Dumm von mir, nicht wahr?“ Er lachte gekünstelt. In diesem seltsam dekorierten Zimmer klang das richtig unheimlich. „Ich wollte eine Erklärung“, wiederholte er, „aber ich wußte nicht, wie ich hätte beginnen sollen…"

„Ich werde Ihnen die Erklärung geben", versprach ich ihm. „Wir müssen uns das Ganze etwa folgendermaßen vorstellen: Raymonde braucht Geld, bittet Sie um Rauschgift – angeblich für sich selbst –, weiß, daß Sie es ihr besorgt haben, erzählt Laura, ein Kokain-Tod sei ein schöner, sanfter Tod, schickt sSie bei Ihnen vorbei, um das Zeug zu klauen, Laurae bringt sich programmgemäß um, Raymonde erbt, und Sie werden verurteilt. Deswegen hat sie auch vermutet, Sie hätten ihr Opium konfisziert, um sich zu rächen. Das fällt mir jetzt gerade ein."

„Aber Laura hat ihr doch nicht diese riesige Summe vermacht, nur weil sie ihr einen sanften Tod ermöglicht hatte?"

„Das Testament war gefälscht. Ihr Name ‚Chevalme' stand nur drin, um ein Tatmotiv zu liefern. Der letzte Wille wurde von Raymondes Freunden verändert und von Ronald Kree, damals beim Harock-Clan beschäftigt, gegen den ursprünglichen ausgetauscht. Der Engländer kassiert seinen Anteil und setzt sich aufs Altenteil. Von Zeit zu Zeit jedoch kommt er hierher an die Côte und bessert seine Pension auf, indem er Ihre ehemalige Geliebte erpreßt. Beim letzten Mal schiebt Raymonde ihm ein paar Blüten unter. Kree merkt das, stellt einen Zusammenhang zwischen den Fälschungen her und Nachforschungen an. Daraufhin bedroht er André Milandre und Marius Dufour. Doch die Zusatzeinnahme, die er sich erhofft, bringt ihm nicht das Gewünschte ein. Ganz im Gegenteil, der Erpressungsversuch geht für ihn tödlich aus. Und auch Raymonde hat schlechte Karten. Erst gibt sie Fabrègues falsche Banknoten, ohne ihn darüber aufzuklären, und dann ihrem Erpresser. Die Geldfälscher schlagen zu. Raymondes Sucht ist alles andere als eine Garantie für ihre Verschwiegenheit. Im gewissen Sinne hat es ihr auch geschadet, daß wir uns kennengelernt haben… Die Bande befürchtet, sie könnte mir zuviel erzählen."

Als ich von Dédé sprach, runzelte Chevalme die Stirn.

„André Milandre, haben Sie gesagt?“ fragte er jetzt nach.

„Ja. Kennen Sie den reizenden Kerl? Muß Ihnen leider mitteilen, daß er tot ist. Er wollte Nestor Burma an den Kragen. In der Regel bringt das nicht viel ein... Besser, man wird mein Klient. Wollen Sie mein Klient werden, Chevalme? Ein paar Tage Nachforschungen und Ermittlungen aller Art, und ich könnte Sie rehabilitieren.“

Er machte eine wegwerfende Handbewegung.

„Danke, aber... Das ist jetzt nicht mehr nötig. Werde meinen alten Plan verwirklichen: Ich vergrabe mich in einer unserer Kolonien...“

„Noch sind Sie nicht tot“, warf ich ein, doch er hörte mich nicht.

„... Die Frau, die ich liebte, hat mich verraten. Dafür mußte ich drei Jahre brummen. Sie können mir glauben, Monsieur Burma, so etwas verändert einen Menschen.“

Er war in sich zusammengesunken. Mit seinem Mittelfinger zeichnete er imaginäre Kreise auf seine Knie und starrte ins Leere. Ich nahm den Faden wieder auf.

„Sie kannten Milandre?“ fragte ich.

Er hob den Kopf. Sein Mittelfinger hörte auf zu zeichnen.

„Als ich entlassen wurde, bat mich ein Mitgefangener, seiner Frau eine Nachricht zu überbringen. Da ich unter falschem Namen nach Marokko gehen wollte, gab er mir ein Schreiben für André Milandre mit, der mir die nötigen Papiere besorgen sollte. Ich traf Milandre, und wir kamen ins Geschäft. Ich wartete auf meinen Zug nach Marseille und blätterte in einer Zeitschrift. So erfuhr ich, daß Raymonde hier an der Côte wohnte. Ich besorgte mir ihre Adresse. Mußte sie einfach wiedersehen, ein letztes Mal...“

„... und haben sich gleich wieder von ihr bezaubern lassen“, ergänzte ich. „Trösten Sie sich, mir ist es nicht anders ergangen, gleich beim ersten Mal... Und Pierre de Fabrègues... Na ja, wir sind in vornehmer Gesellschaft, Chevalme! Aber Sie müssen doch zugeben“, fügte ich hinzu und lachte, wütend über mich selbst, „die Frau hatte Sex-Appeal!“

„Vielleicht liebte sie mich wirklich." Dem Heimatlosen war nicht zum Lachen zumute. „Früher nannte ich sie ‚Tollkopf'... An dem Abend, an dem Sie Raymonde zum ersten Mal besucht haben, kam Milandre in die *Pergola*, blieb aber nicht lange und redete banales Zeug. Ich glaube, er hatte eine Nachricht für Raymonde. Doch ich störte ihn wohl. Wir taten so, als hätten wir uns noch nie gesehen."

„Ronald Kree war zu der Zeit schon in seiner Gewalt. Ihre Anwesenheit muß Milandres Mißtrauen gegenüber Raymonde, die er für gefährlich hielt, nur noch verstärkt haben. Ein paar Stunden vorher erzählten Sie ihm, Sie wollten unbedingt nach Marokko, und dann trifft er Sie bei einer Frau, deren Verhalten eine Gefahr für die Geldfälscher darstellte."

„In der Tat! Jetzt verstehe ich auch seine lauernden Blicke!"

„Und am nächsten Tag sieht er Sie – so nehme ich an – über Kree gebeugt stehen. Das hat ihm bestimmt nicht gefallen. Raymonde war bereits so gut wie tot. Doch die Flics trieben sich in der Gegend rum, und man hatte noch was sehr viel Dringenderes vor: Die Blüten-Druckerei mußte versenkt werden! Zurück von der kurzen Reise auf hoher See, merkten sie, daß der ‚Fliegende Holländer' stärker nach Druckerschwärze stank, als sie geglaubt hatten. Dazu kam Defroys Artikel im *Littoral*. Hals über Kopf suchen sie das Weite, lassen nur zwei Männer zurück... mit speziellen, eindeutigen Aufträgen: Der Akrobat soll Raymonde umbringen, und Milandre, der sich mir als alter Bekannter ohne weiteres nähern kann, soll mich in einen Hinterhalt locken und ebenfalls beseitigen... Aber, sagen Sie, haben Sie Ihrer Freundin nicht erzählt, daß Milandre Ihnen falsche Papiere besorgt hatte?"

„Dazu hatte ich keine Zeit. Soeben aus dem Knast entlassen, konnte ich doch wohl schlecht den Moralapostel spielen. Außerdem bekam Raymonde noch weiteren Besuch: Eine junge Frau, ihre Opiumlieferantin, was ich zu spät erkannte. Als das Mädchen gegangen war, kriegten wir uns deswegen in die Haare, und darüber vergaß ich dann André Milandre."

„Können Sie mir die Opiumlieferantin beschreiben?“ fragte ich. Chevalme lieferte eine präzise Beschreibung von Madeleine Poitevin.

Die Rücklichter des Taxis verloren sich in der Dunkelheit, und Marc Chevalme, der darin saß, verlor sich in seinen bitteren Grübeleien. Ich ging zurück in das Schlafzimmer von Raymonde Saint-Cernin und betrachtete kopfschüttelnd die Leiche der Schriftstellerin.

Mein Blick fiel auf eine zwei Meter hohe Skulptur. Der einzige Schmuck in diesem schmucklosen Raum. Sie stellte eine menschliche Gestalt und mehrere übereinanderliegende Tiere dar. Am Sockel hing ein Etikett mit der Zahl 100. Daneben lag ein Buch. Es war ein illustrierter Kunstkatalog mit dem Titel *Skulpturen Ozeaniens*. Das Stück primitiver Kunst, das ich vor mich sah, war darin unter der Nr. 100 abgebildet. Sein Wert belief sich auf 1 000 Francs.

Ich wollte zum Telefon stürzen, erinnerte mich aber noch rechtzeitig daran, daß es nicht funktionierte. So lästig diese Störung auch war, sie hatte mich immerhin zu der Verbindung zwischen dem Grafen und der Schriftstellerin geführt.

Ich verließ das Totenhaus, um zu einem anderen zu gehen, dem von Marius Dufour. Der Wachposten erkannte mich wieder und ließ mich das Telefon benutzen.

Pellegrini war zufällig im Hauptkommissariat. Ich informierte ihn über den neuentdeckten Mord, was er mit einer weiteren Kostprobe aus seiner Privatsammlung korsischer Flüche kommentierte. Er möge doch bitte wieder mit seiner Mannschaft anrücken, bat ich ihn.

Ich legte auf und wählte die Nummer von Robert de Fabrègues. Ich entschuldigte mich für die späte Störung und verlangte Amélie, die tintenschluckende Köchin. Sie kam an den Apparat, so durcheinander wie wahrscheinlich ihre Haare. Nach einigen Fragen, die ihre Gehirnzellen in Gang bringen sollten, erkundigte ich mich, ob ihr ehemaliger Arbeitgeber in letzter Zeit ein exotisches Stück aus seiner Kunstsammlung verkauft habe.

„Ja, M'sieur", war die Antwort. „An der Stelle ist jetzt ein leerer Fleck. Denken Sie nur, so eine Statue..."

Ich stellte mir vor, wie die Köchin eine ausladende Armbewegung machte.

„Wann genau war das?" fragte ich weiter. „Vor dem 19. Juli?"

An jenem Tag hatte der Direktor des Kasinos den Grafen in sein Büro gebeten, um sich mit ihm über den richtigen Umgang mit falschen Banknoten zu unterhalten.

„Ja, M'sieur, vor dem 19."

„Wem hat er die Skulptur verkauft?"

Das konnte mir Amélie nicht sagen. Spediteure hätten die Figur abgeholt, und sie wisse das nur deshalb, weil Joseph sich an dem Tag freigenommen und ihr die Aufgabe übertragen habe, den Abtransport zu überwachen. Nein, mehr wisse sie nicht.

Mit dieser Information stellte ich mich draußen an den Straßenrand, zündete mir eine Pfeife an und wartete auf Ange Pellegrini. Den Grillen war die Tragödie dieser Nacht scheißegal. Sie zirpten, was das Zeug hielt. Eine leichte Brise trug ein Lachen vom Meer an mein Ohr. Wahrscheinlich Verliebte auf einem Schiff!

14
Der Akrobat

Nachdem die Ordnungshüter ihre Arbeit erledigt hatten, verließen wir *La Pergola*. Auf dem Hauptkommissariat fand ein freudiges Wiedersehen mit Hélène statt. Verschiedene Gerüchte, die in der Stadt kursierten, hatten sie veranlaßt, sich an offizieller Stelle zu informieren.

„Eine Schande ist das!" schimpfte sie. „Mich so hereinzulegen! Hab Milandre getroffen, und er hat behauptet, Sie hätten einen Auftrag für mich. Ich dumme Gans habe ihm geglaubt und bin nach Nizza gefahren, um ein angeblich verdächtiges Subjekt mit weißem Bart zu beschatten. Hätte hundert Jahre warten können..."

„Dédé wollte freie Hand haben", erklärte ich. „Seien Sie froh, daß er Sie nicht schlicht und einfach umgebracht hat! Anscheinend hatte er ein Faible für Sie."

Ich wollte noch einiges hinzufügen, kam aber nicht mehr dazu. Ein Höllenlärm herrschte an diesem teuflischen Ort.

„Was ist los?" schrie Pellegrini in den Flur hinaus.

Ein Riese in Uniform kam herein und wischte sich mit einem karierten Taschentuch den Schweiß von der Stirn.

„Wir haben den Akrobaten", sagte er stolz. „Er wird gerade verhört."

Wir gingen hinüber, um uns den Matrosen anzusehen. Er war athletisch gebaut und trug ein weißes Trägerhemd mit der Aufschrift *Jeune Jenny*.

„Dann gehört er also nicht zum ‚Fliegenden Holländer'?" fragte ich überrascht.

„Nein, aber ein berühmt-berüchtigter Fassadenkletterer ist er trotzdem", bekam ich zur Antwort.

„Weitermachen", ordnete der Kommissar an. „Seht zu, daß ihr was rauskriegt. Werd mich in der Zwischenzeit etwas frischmachen."

Er war glänzender Laune. Ich trug ihm wieder meinen Wunsch vor, mit Madeleine Poitevin sprechen zu dürfen. Der Korse versprach mir, den Untersuchungsrichter um eine Erlaubnis für mich zu bitten. Im Gegenzug sollte ich ihm meine Bemerkung über das blaue Blut des Grafen erklären. Ich erfüllte ihm seinen Herzenswunsch.

„Bewundernswert", urteilte er, nachdem ich ihm alles auseinandergelegt hatte.

Der Ton in seiner Stimme ließ an seiner Aufrichtigkeit keinen Zweifel.

„Geht so", wehrte ich ab.

„Oh, Chef", mischte sich Hélène ein, „so bescheiden geworden?"

„Nein, aber ich habe zu lange gebraucht, um eine Verbindung zwischen Pierre de Fabrègues und Raymonde Saint-Cernin herzustellen. Hätte ich meine Augen besser offengehalten, wäre mir das schon während meines ersten Besuchs bei der Schriftstellerin aufgefallen. Denn, wie wir alle wissen, das Telefon ihrer Villa war kaputt!"

„Was?" Pellegrini ließ das Streichholz fallen, das er an der Wand anreißen wollte. „Was erzählen Sie da?"

„Ja", bestätigte ich, „das Telefon war kaputt. Nach Ihrem Besuch beim Grafen am 24. hat er versucht anzurufen. Wahrscheinlich die Person, die er vor der drohenden Gefahr warnen wollte. Das Gespräch ist aber nicht zustande gekommen. So mußte er einen Brief schreiben, in dem er ihr riet, die gekaufte Skulptur zu zerstören. Das hätte der Polizei nämlich nahegelegt, eine Verbindung zwischen Käuferin und Verkäufer herzustellen. Ja, in seinen Adern floß blaues Blut, beinahe schon dunkelblaues..."

„Das kaputte Telefon!" rief der Kommissar ungeduldig. Ihn ließen die Betrachtungen über aristokratische Gepflogenheiten ziemlich kalt.

„Ich bin darauf gekommen", fuhr ich fort, „als ich im Café des *Littoral* saß. Genauer gesagt, als ich hörte, daß Ronald Kree ein ehemaliger Kanzleiangestellter war. Vor drei Jahren hat er gekündigt, das heißt, nach dem Tode von Miss Sutton und der anschließenden Testamentseröffnung. Miss Sutton wiederum erinnerte mich an Madame Saint-Cernin ... Fragen Sie mich nicht, wie Ideen entstehen! In genau diesem Augenblick mußte ich nämlich an das kaputte Telefon in *La Pergola* denken. Seit mehreren Tagen schon war die Leitung gestört. Präziser: seit dem 24.! Das erfuhr ich später von der Haushälterin. Später erfuhr ich außerdem, daß die Schriftstellerin rauschgiftsüchtig und Madeleine Poitevin ihre Dealerin war."

„Was hat die Tänzerin denn mit der Geschichte zu tun?" ereiferte sich Pellegrini. „Hab gedacht, sie wär aus dem Schneider. Ist sie aber anscheinend nicht, sonst würden Sie nicht darauf bestehen, sich mit ihr zu unterhalten."

„Mademoiselle Poitevin war völlig sicher, daß es zwischen Fabrègues und Jacqueline Andrieu aus war. Obwohl nichts in seinem Verhalten darauf schließen ließ! Sagt Emma, und die muß es wissen. Emma ist die Garderobenfrau im *Eldorado*, Sie wissen schon, das Bumslokal mit gräflicher Kundschaft. Woher hatte Mado also ihre sicheren Informationen? Mir ging ein Licht auf, als ich sie bei Raymonde traf. Ohne Zweifel war Madame Saint-Cernin die heimliche Liebe von Fabrègues."

„Ganz ohne Zweifel!" Hélène nickte ironisch. „Zum Beispiel war sie nicht verheiratet. Auf verheiratete Frauen sollte ich doch besonders achtgeben, war es nicht so?"

„Jeder kann sich irren", brummte ich. „Die Heimlichtuerei des Grafen ließ vermuten, daß es sich um Ehebruch handelte. Diese außergewöhnliche, geschickte, verführerische Frau hat dem eingefleischten Junggesellen Fabrègues völlig den Kopf verdreht. Hat ihm das Gefühl gegeben, wegen seiner schönen Augen geliebt zu werden. Um den Reiz dieser Liaison nicht zu zerstören, hat der Graf das Liebesverhältnis geheimgehalten. Genauso hätte er sich wohl verhalten, wenn es um eine Frau gegangen wäre, die üblicherweise nicht in seinen Kreisen verkehrte. Raymonde jedenfalls war mindestens einmal bei ihm. Ihr Name war Joseph aufgefallen – vielleicht kannte er ihre Bücher –, und er hat ihn mit auf die berühmte Namenliste gesetzt. Bei der Gelegenheit ist mir ihr Name zum ersten Mal aufgefallen. Milandre jedoch hat ihn beim Abschreiben der Liste weggelassen."

„Woher wissen Sie, daß sie mindestens einmal in der Villa des Grafen war?"

„Weil sie die exotische Figur gekauft hat. Die Idee dazu muß ihr doch wohl gekommen sein, nachdem sie das Kunstwerk in Fabrègues' Büro gesehen hatte."

„Und wie haben Sie herausgefunden", fragte Hélène weiter, „daß die Figur mit falschen Banknoten bezahlt wurde?"

„Wie Sie wissen, habe ich zuerst geglaubt, mein Klient hätte ein Familienschmuckstück verbimmelt. Aber dann versicherte mir sein Bruder, daß der gesamte Familienschmuck im Pfandhaus schmort. Also konnte er nicht verkauft werden. Es mußte sich um etwas anderes handeln. Als ich im Brief den Satz *Zerstören Sie die 100* las und dann die Katalognummer an der Skulptur sah, hätte ich schon besonders dämlich sein müssen, um nicht darauf zu kommen. Amélie hat dann meine Vermutung bestätigt. Der Abtransport dieses Ungetüms konnte nicht unbemerkt vonstatten gehen."

„Großartig!" rief Pellegrini. „Fabrègues hatte sich also nur inetwas hineingesteigert?"

„Ja. Todesursache: Blaues Blut!"

Der Korse kratzte sich am Ohr.

„Aber warum stand sein Name in Dufours Notizbuch?"

„Weil der Grafiker außer in der Herstellung auch – und zwar zusammen mit Milandre – in der Werbeabteilung der Bande tätig war. Er suchte die Trottel aus, die dem Charme der Schriftstellerin erliegen würden und sich kompromittieren konnten. So wurden diese vornehmen Opfer zu unfreiwilligen Komplizen der Geldfälscher. Ich glaube, wenn unser schönes Biest nicht erdrosselt worden wäre, wäre Charles Maurin eines schönen Tages – oder nachts – gebeten worden, echte Scheine im väterlichen Tresor gegen Blüten auszutauschen... Um aber wieder auf Fabrègues zurückzukommen: In seinem Fall ist Raymonde zu flink vorgegangen. Sie wollte die Figur aus Ozeanien unbedingt haben und zahlte leichtsinnigerweise, oder weil sie gerade über kein echtes Geld verfügte, mit Spielgeld. Und der Graf brachte die Scheine nichtsahnend in Umlauf. So nahm dann alles seinen Lauf..."

„Sie haben über alles mögliche geredet, nur nicht über den Kerl, der mit meinem Dienstwagen abgehauen ist. Welche Rolle spielt der in dem Puzzle?"

Ich erzählte dem Kommisasar die reine Wahrheit.

„Er hat schon reichlich bezahlt", schloß ich. „Wenn Sie ihn zufällig treffen sollten, tun Sie bitte so, als würden Sie ihn nicht wiedererkennen. Wäre zwar ungewöhnlich, daß sich ein Flic für einen guten Zweck blind stellt, aber wenn man eifrig sucht, findet man vielleicht einen..."

Der Kommissar brummte nur etwas Unverständliches, ohne sich näher festzulegen.

Es wurde an die Tür geklopft. Ein Beamter in Hemdsärmeln teilte seinem Vorgesetzten mit, daß der Akrobat „stur wie ein Esel" sei. Außer einem Haufen Alibis gebe er nichts von sich.

„Dann überprüft seine Angaben und kocht ihn weich!" ordnete Pellegrini an.

Hélène und ich ließen die Flics mit ihren Problemen alleine und gingen ins Hotel zurück.

Die Rothaarige stand immer noch an der Rezeption und quatschte dem Nachtportier die Ohren voll. Gerade beendete sie ihren Vortrag und stolzierte hüftenwiegend und parfümverbreitend die Treppe hoch.

„So'ne Vogelscheuche!" lachte meine Sekretärin.

„Das ist Lol Mulza", flüsterte der Portier, so als spräche er vom Erzbischof.

„Der Schwarm des Chefs, was?" tuschelte ich. „Den Schlafzimmernamen hab ich schon mal irgendwo gehört."

„Sie haben ihn bestimmt auf einem Plakat gelesen", sagte

der Portier, jetzt noch entrüsteter. „Sie tritt hier in Cannes im Rahmen einer Wohltätigkeitsveranstaltung auf. Eine berühmte Schlangenfrau."

„Wohl eher die Schaufensterpuppe einer Parfümerie", bemerkte Hélène bösartig.

Auf dem Weg nach oben begegnete ich Leclercq. Gähnend wünschte ich ihm eine gute Nacht. In meinem Zimmer zog ich meine Jacke aus, zündete mir eine Pfeife an und trank meine Flasche Anissschnaps leer. Dann machte ich mich daran, meinen Koffer zu packen. Ich also auch... Auch? Was kam mir da grade in den Sinn? Warum...

Ich ging hinüber zu Hélène, die ein Telefon auf dem Zimmer hatte, und rief bei der Kripo an. Pellegrini war weniger fröhlich als noch vor einer halben Stunde.

„Dieser verdammte Akrobat!" schimpfte er. „Gelenkig und aalglatt wie eine Schlange."

Der Mann hatte hieb- und stichfeste Alibis. Er war es tatsächlich, der in der Takelage der „Mary Céleste" herumgeturnt war. Am Attentat auf mich war er aber ebensowenig beteiligt gewesen wie an dem Mord an der Schriftstellerin. Die Flics mußten ihn wohl oder übel wieder auf freien Fuß setzen und sich obendrein noch die dummen Bemerkungen ihres Chefs anhören.

„Ein Schlag ins Wasser also", stellte ich sachlich fest, „aber die Lage ist nicht hoffnungslos. Die Fälscherbande ist jedenfalls zerschlagen!"

„Sie sind ja mit wenigem zufrieden", knurrte der Korse.

„Sagen Sie das nicht", gab ich zurück. „Hab übrigens vergessen, Ihnen was Wichtiges mitzuteilen... Nein, nicht am Telefon... Das Beste wäre, Sie kämen hierher ins Hotel."

Ich hatte meine liebe Not, ihn zu einem Tapetenwechsel zu überreden. Schließlich erklärte er sich aber doch einverstanden. Von Hélènes Zimmer ging ich zu Leclercq hinüber, der mit Lol Mulza plauderte.

„Ich weiß nicht, ob wir uns morgen früh noch sehen", sagte ich. „Sie haben mir sehr geholfen. Da ist es wohl das mindeste, daß ich Ihnen die Lösung des Falles präsentiere."

Gesagt, getan. Leclercq beklagte die Falschheit von André Milandre und beglückwünschte mich zu meinem Erfolg. Mit gewohnter Bescheidenheit nahm ich sein Lob entgegen. Dann wandte ich mich an die Rothaarige.

„René ist ein netter Kerl, nicht wahr? Kennen Sie sich schon lange? Wo haben Sie sich eigentlich kennengelernt?"

Vier Dinge spielten sich jetzt gleichzeitig ab:

Lol sagte: „Im *Buffalo*", Leclercq sagte: „Stimmt gar nicht", ich sagte: „Hab's doch geahnt" und schickte ihn mit einem linken Haken auf die Bretter.

In diesem Augenblick hörte man Stimmen auf dem Flur. Ich erkannte Pellegrinis Akzent. Die Tür öffnete sich, und er kam, gefolgt von Hélène, herein.

„Hier, das ist der akrobatische Mörder von Raymonde Saint-Cernin", sagte ich ruhig. „Legen Sie ihm Handschellen an, lieber Ange, sonst entwischt er Ihnen wieder."

„Wie ich Sie kenne, haben Sie wieder zu tief ins Glas geschaut, Burma", sagte Leclercq gespreizt. „Kommissar, nehmen Sie mir die Handschellen wieder ab!"

„Verdammter Leclercq!" rief ich lachend. „Sie waren so kurze Zeit in meiner Agentur, daß ich gar nicht dazu kam, mich mit Ihnen über ihre früheren Berufe zu unterhalten. Das tue ich sonst immer mit meinen neuen Mitarbeitern. Hatte nur noch im Kopf, daß Sie mal irgend so was wie Seiltänzer und Cowboy im *Buffalo* waren. Zum Glück hat die reizende Dame dort meinem Gedächtnis auf die Sprünge geholfen. Ihr Hotel heißt nicht zufällig *du Cirque*. Und soeben ist mir Ihr seltsamer Aufzug eingefallen, in der Nacht, als man mich wie einen Tyrannen abknallen wollte. Für jemanden, der gerade aus dem Bett kam, waren Sie ganz schön außer Atem! Und Ihr schwarzer Seidenpyjama eignete sich vorzüglich für nächtliche Streifzüge. Ich wußte, daß der Täter hier im Hotel wohnen mußte. Daß aber der Chef persönlich ... Tja, Leclercq, Sie haben eben mehr Talent zum Lassowerfen als zum Schießen, oder besser gesagt: zum Treffen! Damit werden Sie weit kommen, weiter als Sie dachten, als Sie Ihren Koffer packten ..."

„Ich versteh kein Wort von Ihrem Gefasel", brummte der Hotelier. „Nehmen Sie mir die Dinger ab!" wiederholte er, zu Pellegrini gewandt.

„Von wegen", sagte der Korse und fing an, die Taschen des Gefesselten zu durchsuchen.

Außer einem geladenen Revolver, aus dem – wie die Experten später feststellen sollten – die Kugeln stammten, die es in meinem Zimmer geregnet hatte, fand man im Futter seines Anzugs ein hübsches Bündel falscher Banknoten. Leclercq wollte mit seinem Anteil aus der Gemeinschaftskasse der Geldfälscher für einige Zeit untertauchen.

„Also dann!" rief Pellegrini unternehmungslustig. „Jetzt, da ich einen von der Bande lebend habe, wird alles wie am Schnürchen laufen!"

„Sagen Sie mal, Monsieur Burma", begann Hauptkommissar Ange Pellegrini einschmeichelnd, „André Milandre hat sich in die Kreise der Oberen Zehntausend eingeschlichen, um die vornehmen Herren mit blühenden jungen Damen bekanntzumachen und ihnen Blüten unterzujubeln. In seiner Freizeit hat er Pässe gefälscht und mit Injektionsspritzen herumgespielt. Joseph und Marius Dufour gehen auf sein Konto. Er hat Ronald Kree gekidnappt, auf ihn eingeprügelt und ihn vorzeitig ins Jenseits befördert. Und Ihnen hatte er dasselbe Schicksal zugedacht. Richtig?"

„Richtig."

„René Leclercq war gewerbesteuerpflichtiger Hotelier und heimlich eingeschriebenes Mitglied der Fälscherbande. Hat auf Sie geschossen und Raymonde Saint-Cernin erdrosselt. Richtig?"

„Richtig."

„Und beide waren früher mal Mitarbeiter Ihrer Agentur?"

„Richtig."

Er hob das Bein und riß eins seiner Streichhölzer an der Schuhsohle an.

„Ihre Agentur ist 'n interessanter Talentschuppen", murmelte er.

Februar 1942